中国科幻精品屋系列⑪　　　　　　　　　金　涛　总策划

驯风计划

饶忠华　主编

科学普及出版社
·北京·

图书在版编目（CIP）数据

驯风计划 / 饶忠华主编 . —北京：科学普及出版社，2018.1
（中国科幻精品屋系列）
ISBN 978-7-110-09304-7

Ⅰ．①驯… Ⅱ．①饶… Ⅲ．①科学幻想小说－小说集－中国－当代 Ⅳ．① I247.7

中国版本图书馆 CIP 数据核字（2016）第 026679 号

策划编辑	徐扬科
责任编辑	吕　鸣
装帧设计	青鸟意讯艺术设计
插　　图	范国静　赵连花　郭　芳　刘小匣　刘　正
责任校对	孟华英
责任印制	徐　飞

出　　版	科学普及出版社
发　　行	中国科学技术出版社发行部
地　　址	北京市海淀区中关村南大街 16 号
邮　　编	100081
发行电话	010-63583170
传　　真	010-62173081
网　　址	http://www.cspbooks.com.cn

开　　本	710mm×1000mm　1/16
字　　数	170 千字
印　　张	12.5
版　　次	2018 年 1 月第 1 版
印　　次	2018 年 1 月第 1 次印刷
印　　刷	北京盛通印刷股份有限公司

书　　号	ISBN 978-7-110-09304-7/I・461
定　　价	35.00 元

序

世界上有很多人会做奇怪的梦，他们的梦又奇妙，又好玩。

在梦中，他们乘坐宇宙飞船，冲出大气层，飞上月球，飞向遥远的星座，甚至在银河的小行星上盖了房子，建了许多工厂和雄伟的城市。但是他们很快遇到了麻烦，宇宙大爆炸的冲击波毁灭了他们的家园，于是劫后的幸存者驾着飞船，成为孤独的漂泊者。

在梦中，他们像鱼儿一样潜入海洋，在深深的海底开采矿床，建造海底城市，也建成了海军基地和强大的舰队。正当他们雄心勃勃地扩张地盘、争夺海底富饶的钻石矿时，一场可怕的大地震爆发了，于是山崩地裂，海水沸腾，谁能逃过这场浩劫呢？

在梦中，他们进入了很深的地底下，居然发现地球内部还有一个世外"桃花源"，芳草鲜美，落英缤纷。那里的人像袋鼠一样跳跃走路，住在黑暗的洞穴里，有嘴却不会说话，只能用双手比画几下进行对话，如同人类聋哑人的"手语"，据说这是在地层高压下长期进化的结果。遗传学家考察后发现，这些地底下的聋哑人竟然和我们有相同的基因。

在梦中，机器人部队排成战列，每个机器人士兵都拿着激光枪和锋利的光子匕首，向着古老的城堡发起进攻，那是外星人盘踞的城堡，他们也不甘示弱，从城堡的枪眼里喷出的高温毒液，形成一片炽热的火海……

当然，还有很多梦，既稀奇又令人兴奋。比如：许多可怕的至今无法治愈的疾病，终于找到了特效药；分子型的微型机器人医生从血管、从食道进入人体的内脏，清除病灶、消灭隐患，创造了一个个生命奇迹。

还有很多很多，都是科学技术的新发明带来的惊人变化、创造的一个个人间奇迹，不用一一列举了。

这些梦，看似异想天开、玄妙荒诞，却也令人震撼、趣味无穷，它们写成小说就是科学幻想小说（也称科学小说），拍成电影就是脍炙人口的科幻电影。我相信，这是你们最喜欢的。

　　摆在你们面前的这部"中国科幻精品屋系列"，就是我国100多年来科幻小说的集中展示。它是由几代科幻作家，在不同历史时期，伴随科学技术的进步而创作的，也从一个层面反映了科幻小说家对于科学技术发明的殷切期望和美好向往。这里面多是描写科学技术的进步给人类带来的福祉，也有对科学技术成果滥用的忧虑。

　　这套书有一个很突出的特点：2000多篇作品，2000多个故事，时间跨度100多年，是按时间顺序编排的。阿拉伯文学中的经典作品叫作《一千零一夜》，这套"中国科幻精品屋系列"可以称作中国科幻的"一千零一夜"了。

　　这种分类方法一个很突出的特点，是可以很清晰地看到，中国科幻小说的题材与现当代科学技术的发明和传播相互之间密不可分的关系。这也说明，科幻小说尽管是幻想的文学，但它仍然植根于现实的大地之上。

　　我还想再补充一点，阅读科幻小说（以及看科幻电影），最大的收获不仅仅是长知识，而是增强你的想象力，这是训练一个人创造力的重要途径。"想象力比知识更重要"，这个观念已经被无数事实证明是有道理的。这方面的体验，只有通过阅读，不间断的、广泛的阅读，才能领会。

　　最后，我要感谢丛书主编饶忠华兄，并且特别感谢多年来支持丛书出版的科学普及出版社以及为此付出辛勤劳动的编辑们。

金　涛

2017年10月20日

目 录

致作者

　　1997年起此套丛书在我社陆续出版，由于年代久远，有些文章作者的署名及联络方式已无从查考，故烦请相关作者与我们联系，我们将妥善解决署名及稿费事宜。

重返傣乡

吴成贵

　　傣乡是花腰傣聚居的热坝区，是闻名遐迩的水果之乡。我的姨妈在滇南亚热带植物研究所工作，是一名出色的研究员，基因工程研究室主任。童年时代我在她家住了一年，转眼间我已读初中三年级了。这个暑假，我得到父母同意，终于登上了前往傣乡的汽车，去看望姨妈。

　　对于我的到来，姨妈十分高兴。下午，我和姨妈在果林漫步，来到杧果树下，杧果长满枝头，木棉花点缀在绿叶中。姨妈指着木棉花说："杧果树只能开杧果花，结杧果，而不能开出其他的花。而这些杧果树开出木棉花，是用了'基因工程'的方法。"

　　紧挨杧果林，是一大片荔枝树，一簇簇荔枝长满树枝，凤凰花如彩霞满天。"荔枝树上开凤凰花也是基因工程的功劳吗？"我又向姨妈提出新问题。

　　姨妈说："是的。这里的亚热带水果鲜甜可口，但是果树开的花很小，色彩不鲜，观赏价值不大。可是不少野生花卉很漂亮，又有药用价值。如杜鹃花被叫作花中西施，又有活血、止血奇效；这里特有的山茶花以美艳驰名中外，又有凉血、止血功效……运用基因工程的方法，使这些山野里的奇花异卉在亚热带果树上绽放，使水果、观赏、药材三位一体，还可以节约耕地、肥料和管理人员。"

　　走了1000米，我们来到我童年时认识的刀大妈家。她有个女儿叫丽丽，比我大4岁，模样俊美，可惜患了痴呆症，上小学二年级还数不清10以内的数字。我问刀大妈，丽丽在哪里，刀大妈自豪地说："她到北京上大学去了。"我惊愕不已。一个智力低下者竟能上大学？姨妈见我疑惑不解，把事情的原委告诉了我："丽丽的天资很聪明，由于她细胞里缺少一种半乳糖酶，这是患先天性痴呆症的病因。我们所与有关医院配合，把一种能产生半乳糖酶菌的基因提取出来，移植到丽丽身体的细胞里，她身体内就产生了半乳糖酶，痴呆症就治好了，变得聪明过人。这叫基因治疗。"

刁大妈端出一盘水果请我们吃。姨妈说："这些也是基因工程的成果。我们用菠萝和高丽参杂交、杧果和三七杂交、香蕉和马鹿杂交，有补气、补血、壮阳之功效，又无中药的苦涩味。"我确实渴了，不客气地大吃起来。

《少年科学》，1987年第8期，庄秀福改编

吃 外 号

肖显志

调皮大王陶亮编顺口溜，给生理上有缺陷的同学起外号。什么"拴马桩""一嘎黑""大眼皮"，真羞辱人。张庆就因为左手小拇指多长了一个手指，名字就被"六指儿"的外号代替了。放学回家的路上，张庆不敢甩着手走路，痛苦和耻辱折磨着他。

暑假，张庆来到"五龙山刺激素研究所"找舅舅。五龙山上长着大片大片茂盛的猪笼草。肥大的叶子反射着亮光，茎杈上长着一个个小罐罐，散发着香气。张庆听舅舅说过，猪笼草的小罐罐会分泌一种黏液，把昆虫溶解，变成它生长所需要的养料。去年张庆曾问过："那黏液涂在人手上会吃掉一块肉吗？"

当时舅舅笑了："不会的，不会的。可是如果经过多次制取'蚀肉刺激素'，也是可能的。"

今天，张庆见到舅舅一下子就扑到他的怀里："我受不了，真受不了啦！"他伸出六指手："'六指儿''六指儿'，我再也受不了污辱啦！去年你说过可以用猪笼草黏液把我的六指吃掉。"舅舅瞅着泪水在眼眶里打转的小外甥，笑笑："跟我来。"舅舅从保险柜里拿出一个玻璃瓶，让张庆把眼睛闭上10分钟。他把瓶里绿色的黏液涂在了张庆的六指上。张庆只觉得手指凉丝丝、麻酥酥的，在心里暗暗数上600个数，一睁眼，啊！六指不见了，真的不见啦！他一遍遍地数着自己的左手指："一、二、三、四、五。"五个，真的是五个手指。张庆兴奋地跳了起来。

临走，张庆贴着舅舅的耳朵央求："能不能帮助我，把同学们的外号也吃掉？"

舅舅笑了："这种'蚀肉刺激素'制取一滴，要用掉大量的猪笼草，现在制出来的很少。"不过最后他还是答应了。

开学了。张庆一进教室，发现调皮大王陶亮蔫了。咋？他的额头正中不知怎么长了个肉瘤，光亮亮的。几个同学正悄悄地说着"独角兽"，这是他的外号吧！张庆说："陶亮，你自己给自己起个啥好听的外号啊？再说遍'六指儿'的顺口溜呀！"

"张庆，我，我错了。我现在才知道有生理缺陷的同学是多么痛苦……"

"陶亮……"张庆伸出左手。

"啊！"陶亮看到的是五个手指，数数，还是五个，"没了！六指真的没了！"

张庆把经过说了一遍，同学们都围了上来。

第二天，张庆的舅舅来到学校，把绿色的黏液涂在徐冉的"拴马桩"上，那赘疣不见了。王兰兰脸上那块黑记"一嘎黑"没了。

赵丰的"大眼皮"变小了，还成了双眼皮。"噢——外号被吃掉啰——"同学们欢呼起来。陶亮的"独角"也消失了。大家的缺陷没有一点痕迹了，脸上只有阳光般的微笑。

《儿童时代》，1987年第6期，李正兴改编

眼镜的秘密

杨洪奎

小明是初一的学生，可象棋技艺相当高超。小明的爸爸在计算机研究所工作，所长是个学识渊博的老人，他常常与小明下棋，但常常败在小明手上。

有一次，老所长又来找小明下棋，他对小明说："今天我定要赢你三盘。"第一盘，刚到中局，小明就显出优势，老所长掏出一副镜腿稍粗的眼镜，戴上后，凝神一想，走出了一步棋，接着，没走几步，小明就输了第一盘。后来两盘，也是这样的结果。

　　老所长的棋艺怎么能突飞猛进？小明百思不得其解。一天晚上，小明到老所长家中拜访，想解开心中的疑问。老所长说："我知道你会来的，现在来看看我的'小宝贝'吧。"老所长把手一指，只见屋子中央有一台超级智能电子计算机，旁边是那副粗腿眼镜。老所长说："这副眼镜本身就是一台大容量高智能电子计算机，它的功能是从别的计算机拷贝过来的。把眼镜戴上后，通过镜腿，可以把你正在思考的脑生物电流作为输入信息，在计算机中分析，再从巨大的内存储器中寻找出正确答案，上次我们下棋，是我第一次试验。"

小明不由赞叹："太棒了！"

老所长说："我想请你做应用试验。但有一个条件，要保守秘密，对老师、同学、父母都不能讲。"

小明爽快地说："一言为定。"

不久，学校里进行全校知识竞赛，小明在竞赛中胜过高中同学，得了第一名。大家都感到十分惊奇。接着，小明作为他们学校的代表，参加了全市中学生知识竞赛的预赛，不用说，小明又名列前茅。

小明得到了更多人的赞扬，称他是神童、天才，记者们采访他时，他却觉得自己像闯了祸似的，简直无所适从。现在，叫他说什么呢！那些正确的解答，能算是自己的成绩吗？

他决定把"小宝贝"还给老所长。可是，老所长到外地去了，要过些日子才能回来。他不打算参加知识竞赛的决赛，但老师和家长都不答应。

小明无奈，只得同意。但在比赛时，小明像一尊泥菩萨坐在那里，没有答一道题目，他的分数为零。

当天晚上，小明受到父母的责备。小明低头不语，正在这时，老所长来了，他笑着说："捷径上拾得的知识和荣誉，不过是镜花水月，小明懂得这一点，他是个诚实的孩子。他对这次竞赛的态度是对的，我要感谢他。"小明的父母也弄清了事情的原委，很为他高兴。

老所长正打算把这初步的应用试验作进一步研究，运用到航天、物理等更广阔的科学领域中去。

《少年科学》，1987年第5期，庄秀福改编

夜空中最美的图画

杨宇希

根据宇宙空间信息预测，下个月15日前后，有颗小行星就要陨落，估计可能落在我国南方的一个大城市，这将造成重大损失。怎样避免这场灾难，成了中国宇宙空间高磁能研究室的中心问题。几天过去了，大家还是没有想出一个好办法，总室长胜宇正在发愁。

这天卜午，胜宇的好朋友陈进满面春风地来向他报喜，说自己研制的高效能引力器，被"世界引力协会"评为"最佳成果"。这种引力器可以使质量很大的物体平滑移动。胜宇听后跳了起来，急忙对陈进说："我想借用你的仪器，对付即将陨落的小行星。"

陈进马上提出一个问题："要是真把这些石块变成了地球的卫星，组成这些大石块的尘埃和矿物质对地球的气候、环境肯定有影响，那可怎么办？"

胜宇经过一番沉思，蓦地他想起了用于太空冶炼的炼矿器，这种仪器能将陨石中有用的矿物质加以吸取提炼，运回地球。再用引力器将尘埃按不同形状排起来，不就成了最美的夜景了吗？陈进很赞同胜宇的想法，说罢，他们赶紧制订实施方案。

半个月后，由载着激光炮的18架航天机组成的战斗机群开赴太空，开始对那颗小行星的大石块进行切割、粉碎。胜宇驾着一架专用航天机，载着引力器、炼矿器开始吸收那些被击碎的石块。他的航天机像一把扫帚，巧妙地把碎石扫成一团又一团，变成绕地球飞行的小星星。就在航天机群即将返航时，胜宇耳边传来了航天机群的紧急信号：有一块巨大的碎石从激光炮的火力网中逃脱，高速飞向地球。胜宇连忙掉转机头，将引力器的引力场对准了巨石，他把引力按钮调到最大的一档，一步步逼近巨石。可巨石的质量大大超过了引力器的控制范围，它仅仅偏离了一点儿，继续向地球飞去。在这千钧一发之际，胜宇闪过一个念头：用航天机去撞巨石！

随着蓝色的火花在夜空中闪耀，巨石粉碎了，航天机也变成了碎块。汹涌的气浪迎面扑来，被震昏的胜宇随着他的密封座舱，脱离了地球的引力，在茫茫的宇宙中飘荡……地面控制台立即派出航天机，把正在空中游荡的密封舱回收，带回地球。

经过急救，胜宇脱离了危险。他的好友陈进和同伴们用轮椅把他推上了医院的阳台，让他看见了最美丽的夜晚：天空中，明月高挂，那颗小行星的石块和尘埃，组成各种美丽的图案，在深邃的夜空中闪耀。

《儿童时代》，1987年第5期，李正兴改编

五更寒梦

叶永烈

"三九"寒天，我从哈尔滨来到上海。住的招待所里没有暖气，冻得我直打哆嗦。我钻进没有一丝热气的被窝，怎么也睡不着。此时门铃响了。

我开门一看，原来是《文汇报》的记者。他说："本报开辟了一个专栏，叫作'外地人谈上海'。特请先生写篇科幻文章，谈谈上海的未来。"我一口应承下来。送走记者，我躺在床上考虑写什么。我突然来了灵感，对，谈上海的冷。

当然。可以向地下进军，运用地下热。不过，把地壳掀开一角，谈何容易。

对了，向上，向太阳索取热量。倘若借助一种神奇的力量把南北

极倒一个个儿，这样一来，上海处于南半球，冬天就不会那么冷了。当然，这样会把地球闹得天翻地覆，引起国际纠纷，此法行不通。

如果在上海上空悬个小太阳，寒流就不会在这儿立足了。但小太阳要耗费大量能源。别，别这么幻想了。

如果制造一个巨大的碗状玻璃罩，反扣在上海上空，这样冬天就不用发愁了。但这个玻璃罩要多大？用多少玻璃？夏天玻璃罩放在何处？恐怕这个办法也不成。

真是夜长梦多，一个又一个充满幻想的梦不断在我的脑海中"演出"，使我忘了五更寒，迷迷糊糊睡着了。

《科学文艺》，1987年第6期，庄秀福改编

V的贬值

伊　长

安琪拉小姐扑到床上，放声痛哭起来。那是几年前的一个夜晚，她遇见了莫里斯，了解了他的不幸。这牵动了安琪拉的怜悯之心，决意帮他一把，资助他上大学。冬去春来，爱情一幕接一幕。莫里斯由于才智超群，在波士顿上流社会平步青云。就在他获得毕业证书的晚会上，莫里斯说："我一共用了你100万美元，我要用3倍的钱偿还你。"安琪拉听后伤心极了。

安琪拉驱车来到黄石公园，失恋使她心痛欲碎，是阿尔芬妮这小妖精夺走了莫里斯。小溪旁有一个老人在悬竿垂钓。安琪拉向老人讲了自己的身世、失恋。老人听后，说要帮助她。

老人巴特里克教授是位生物化学家。1个月后，安琪拉来到老人的别墅，参观了他的收藏品。在收藏品中竟有许多人的头盖骨，原来教授的父亲为他留下万贯家产，由于一位漂亮女人刺伤了他的

心，他改学生物化学，建成一座现代化实验室。经过30年努力，研制成了神奇的AB≠S粉，可使丑变成美。

巴特里克拿一只猩猩做试验，把白色粉末撒在猩猩脸上，那张丑陋、乌黑的猩猩脸，竟变成一张白皙、美丽的脸。巴特里克说："AB≠S粉能控制皮肤生长，改变皮肤结构、肤色，可使人得到最佳脸型。"安琪拉决定和教授合作，用AB≠S粉进行复仇。

阿尔芬妮正在举办一次舞会，她又成了公子哥儿们追逐的对象；莫里斯也成了漂亮小姐的目标。一对自称西班牙的拉蒙兄妹的人飘然来到舞会，使得阿尔芬妮和莫里斯失去了光彩。舞会掀起了争夺新来美人的角逐，气氛狂热、激烈。

不久，拉蒙小姐和莫里斯一同旅游，登上一座雄伟的山峰。莫里斯向她求爱，说她若不接受，他就跳下峡谷。拉蒙小姐就是经过美容的安琪拉，面对眼前的负心人，她无动于衷。但是莫里斯没有跳下去。

阿尔芬妮爱上了拉蒙先生，一起去山区滑雪，她恳求拉蒙先生娶她。但是遭到拒绝，她决意要进行报复。她找人对人造皮肉进行了鉴定，了解了其秘密。而莫里斯则买通黑手党对拉蒙兄妹进行恐吓，要他们滚出美洲。

拉蒙兄妹知道大祸将临，于是他们动身离开美洲，但黑手党开始对他们进行跟踪。他们为躲避追杀，进行了化妆，把美变成丑，两人面目全非。在他们将要离开美洲大陆时，被美国联邦调查局扣留。美国联邦最高法院进行审理，阿尔芬妮控告巴特里克和安琪拉制造AB≠S人造皮肉欺骗美国人，破坏治安。巴特里克的律师进行了出色的辩护，法官最后宣判两人无罪。

巴特里克离开了美国，临走前说："我的目的没有达到，文明本应该改造人的品德。"

《科学文艺》，1987年第3期，方人改编

我和"机器人"

尤　异

夏令营的第一天，我舅舅来了，要求允许他的儿子入营。老师同意了，我听说从未见过面的表弟要来，非常高兴。下午，表弟艾琳来了，他个头跟我一般高，文文静静的。每当向他介绍一位同学，他总是认真点点头，说："我叫艾琳，愿意为您服务。"同学们在背后嘀咕：听他说话的口气，像个机器人。

这天晚上防空演习，一声号音把大家惊醒，于是迅速穿好衣服，到隐藏地去。我和艾琳被指定放哨，半小时后，警报解除了，但表弟仍站着不动。我叫他回去，但他却说："警报是解除了，可没接到撤离的命令啊！我习惯于谁下达命令还由谁来解除。"我心中大吃一惊："这是什么逻辑！难道你是机器人？"

第二天爬山时，有个女同学不小心摔断了腿，大家吓坏了，七手八脚把她送到医院去。可是艾琳却无动于衷，同学们骂他是冷血动物，他却说："这种事情是难免的，修理一下不就成了？"

"怎么？对人也讲修理？"大家越发怀疑他是机器人。

为了搞清楚他是否是机器人，大家使了一个小诡计，把艾琳送进了医院。医生给他检查后说："腹平软，肝不大，心音纯正。"我们闻听此言，心中想：这么说，艾琳不是机器人了。但他为什么与众不同呢？

过了几天，舅舅来了。他问我："艾琳怎么样？"

我说："他同一般人不一样，理念很强，但缺乏普通人的感情，像个机器人。"

舅舅说："现在我向大家公开一个秘密：艾琳不是机器人，但他是一个'人造人'。你们听说过单细胞繁殖吧？就是从一个人身上取一个细胞，经过科学处理使它分裂增殖，最后直至发展成一个人。艾琳正是用这种办法产生的一个人，因此是人造人。由于他是我的真正的儿子艾琳的一个细胞繁殖成的，所以跟艾琳长得一模一样。他也是我的儿子。"

我们听得目瞪口呆，隔了好一会儿才有人问："那——两个艾琳不会弄混吗？"

舅舅笑了："有这种情况。不过人造人艾琳不常住在家里，而是住在我们研究所里，由机器人照顾他的生活，按程序安排他的学习。"

"噢，怪不得他那么像机器人呢！"我们恍然大悟。

舅舅接着说："别看艾琳个头同你们差不多，可他才4岁半，也就是说，我们在4年半里使他发育成了14岁孩子的身体，并由机器人对他进行14岁少年应受的教育。可是我觉得我们失败了，相信你们也发现他有一个致命的弱点——缺乏人类应有的感情，我把艾琳送到夏令营来，也是希望大家多多帮助他。"

我和大家异口同声地说："我们会这样做的。"

《少年科学》，1987年第10～第12期，庄秀福改编

我们的新老师

程 东

我们班来了个新老师，是个机器人。它高高的个子，一双电子眼睛闪闪发光。它的身体是不锈钢和高强度塑料做的，肚子里面是一台结构复杂的电脑。

新老师开始上课了，它的声音有点生硬，但非常清晰。它讲课的方式、语言和我们原来的班主任范老师完全一样。范老师是特级

教师，不久前他参加市里的一个科研小组，所以不讲课了。

新老师不用粉笔写字。在原来装黑板的地方新安装了一个巨大的液晶显示屏，新老师把讲课的重要内容显示在屏幕上，字的大小可以变化。它还配合课文的内容给我们放映一幕幕彩色的图片和录像片断。

讲完课后，机器人老师布置作业。我们把作业做在特制的卡片纸上，班长把作业收齐后，放在它背后的一个卡片箱里。它批改作业快极了，全班几十个人的作业，它只用几分钟就全改好了。作业做得好的同学，它还给予表扬，把作业卡片显示在屏幕上。

调皮大王张敏搞了一次恶作剧。他语文作业的最后一道题没有做，而是画了一个大大的米老鼠。机器人老师把张敏这张卡片也显示出来，它幽默地说："张敏同学或许将来能成为一位出色的画家，不过他忘了这节课是语文课。"大家都笑了，张敏非常羞愧，脸涨得像块大红布。

我们的新老师从来不发脾气，它总是心平气和，耐心细致。它的记性极好，讲课时旁征博引，幽默风趣。批改作业时，它对同学的每一点微小进步都以亲切的口气加以表扬。渐渐地，大家都喜欢上它了。我们班的课堂纪律大大改进，成绩也一天天好起来。

一个月以后，机器人制造厂的工程师们和我们举行座谈，范老师正是这个研制教学机器人科技攻关小组的成员，他也参加了会议。范老师和工程师们介绍了这个教学机器人的原理和研制过程。这时，我们才知道，范老师把他的教学方法和经验，通过程序输给了机器人。不过，这个教学机器人电脑的容量还不够大，运算速度还不够快。研制更高级的机器人，还需人们的不懈努力。范老师他们的话给了我们巨大的鞭策和鼓励。

《少年科学》，1988年第5期，庄秀福改编

我会飞

程 东

　　我会飞，而且能飞得很远。不过，这不是在地球上，而是在我国新建成的长城号太空城里。

　　长城号太空城是一个直径3千米、长10千米的密封圆柱体，在离地面数万千米的太空中绕地球运转。在这座人造天空里，生活和工作着1万多名科学家、工程师、医生和研究人员。我父母就是这座太空城的建设者和第一批居民。今年暑假，我搭乘航天飞机到达那里，度过了几个星期。

　　太空城是非常有趣的地方。在那里，一切东西都变得很轻很轻。如果你的体重有四五十千克，到了太空城就只有婴儿那么轻。那里没有汽车、火车，人们要出门，可以乘"喷气飞车"，或者装上一对大翅膀飞着去。

　　到太空城第二天，爸爸开始教我学飞了。我的手臂套上了一对用高强度塑料薄片制成的又轻又薄的大翅膀。这对翅膀是爸爸为我从太空城的体育用品商店买的。爸爸给我讲解飞翔要领：翅膀如何张开、翘起、弯曲、拍打；如何起飞、拐弯、倒退；如何在空中滑翔等。开始时我老是飞不好，经过多次练习，我终于能在空中保持平衡了。我扇动着翅膀，像鸟儿一样飞到了我家屋顶上。

　　那时，正是锻炼身体的时间，太空城的很多居民在室外活动。天空中，插着五颜六色大翅膀的飞人来来往往。过了一会儿，爸爸也飞到了屋顶上，我俩收拢了翅膀坐在那儿休息。我问爸爸："在地球上为什么人不能飞呢？"

　　爸爸答："这主要是因为人类能够用于飞行的体力和自身的重量相比显得太小了。一个国家级运动员在短时期内发出的最大功率

也只有1.5马力，这力量与人的体重相比太小了。另外，人的身体结构也不适合飞翔。但在太空城里，情况就不同了。这里的人造重力比地球表面的天然重力低得多，低体重、大翅膀，再加上稠密的空气，我们飞起来就容易得多了。"

爸爸还告诉我，太空城正在积极筹备首届太空运动会，到那时，人们将能看到技艺高超的飞翔运动健将的特技表演，还有空中足球大赛……

太空城很快会对外开放，接待国内外旅游者。到那时，你也可去过过在空中飞翔的瘾。

《科学文艺》，1988年第12期，方人改编

特异功能

冯 平

在英国伦敦大剧院里，具有特异功能的波恩先生正在表演。他说他可以看到人脑里的思想。一个干瘦老头自愿接受试验。他躺在躺椅上，头枕椅背，双手平放膝头。波恩面对他，注视了两分钟后宣布：这个人是杀人犯。

瘦老头提出抗议，但波恩说，我看到你脑子里还在想杀人的事：作案地点在朗波街98号，尸体在地窖里。经警察检查，确有此事。瘦老头只好坦白自己谋财害命之事。

一家研究所的研究员奥斯特在现场观看了这场表演，发现椅背上有一个神秘的硬物。为了揭穿这硬物的秘密，他趁黑夜将椅子偷到家中，取出硬物，再将椅子送回原地。

奥斯特发现那硬物是个烟盒大小的金属物，上面有一根天线。他打开收音机，竟听到了嗡嗡声，原来那硬物会发射电波。于是他想，这家伙可能是一台脑电波通讯机。

奥斯特发现这一秘密后，就来到波恩的住所，问他为什么用科学装置冒充特异功能。波恩只好道出了其中的缘由。

原来，波恩的父亲用毕生精力研究人的思想和脑电波的关系。他发现：人的思想可以由大脑中的某一组织转变为带有信息的脑电波发射出去，于是根据这一原理制成了脑电波转化仪，它能接收人的脑电波，并把它转变为图像和文字。因此，用这种装置可以清楚地知道别人的思想。

奥斯特问："我拿到的金属盒子肯定是人脑电波的发射装置，那么，接收装置在哪儿呢？"

波恩说："经过缩微处理后，装到我的颅骨里了。"

"天呐！"奥斯特惊讶地说，"真是太不可思议了。"

《我们爱科学》，1988年第12期，刘音改编

天　道

韩　松

他躺在船舱里，已无力控制任何一个控制键，生命的活力从他的身体里慢慢抽离，他曾目睹飞船中的其他人也这么奇怪地死去。飞船继续着漫无尽头的旅行。

地面接收中心的一个年轻人向一位学者请教太空信号中使用频率很高的一个词：哲学。学者没有给他满意的答复。从此，他便常来找老人，讨论哲学和其他问题。一周后，老人死去了。他一生的工作成绩被浓缩在一个小胶卷里，送进信息库封存起来，成了全人类的财富。

两朵浮云在跟踪这艘没有活人的飞船。这两朵浮云是两个特殊生命体：星际空间的浮游生物。那朵淡绿色云彩告诉同伴，飞船上没有活着的生物。于是，它们追上飞船，那飞船成了宇宙生命的劫持物。

地球人万里迢迢来寻找外星人，却功亏一篑。外星人倒是得来全不费工夫。飞船在橙红星着陆，这个橙红星也是浮游云状生命体的战利品。浮游智能生物从不打仗，它们散布在星际各处，几十个世纪以来，它们已在各大星系发掘出好几处废弃的文明。它们把宇宙各处的人工制品：飞船、卫星、探测仪捡起来，悄悄地拖回星球存放起来，在死亡之上构筑未来。

地球上的一个指挥中心在召开紧急会议，先是看录像：500年

前，一艘飞船穿过一团星际物质，一种宇宙病毒渗入飞船，三分之一的人已死去，另三分之一的人出现了病兆，剩下的人全力投入抢救。指挥中心对此无能为力，只能等待。但是，随后收到的消息越发令人沮丧，飞船上的人越来越少，最后，信息完全中断。

从此，地球指挥中心没事可干，被解散了。为杜绝可能出现的冒险行为，资料库被封存。

一枚在宇宙大战中未爆炸的能量弹，被云状浮游生物俘获并收藏起来。一次意外引爆了能量弹，100光年内任何生命形态都将被摧毁。地球上记录了这颗超新星的爆发。而那一艘地球人留在橙星上的飞船却随星球碎片一起飞扬，碰巧又回到地球上空，成了流星雨，使人大饱眼福。

浩瀚的沙漠中，一小队拜星教徒正在跋涉，年龄最小的小教徒问带队的长者："神器到底是什么样的？"老者不觉回想起第一次朝觐神器的情形，他讲了亚伯教发现神器的经过，讲了拜星教的天下，教徒们听得非常入迷。这支拜星教队伍继续跋涉，神器没有给他们指明方向，大部分人在沙漠中死亡，幸存者都成了本教的怀疑者。

一个世纪的开端，标志着过去的一切都死掉了；而死掉的一切，意味着事情不断重复发生。

《科学文艺》，1988年第2期，方人改编

怪　笑

海　子

为使地球B星化，B总领来到北京天安门广场。B星球的机器人排成三列，它们的首领B≠b1、B≠b2和B≠b3站在队列前面。B总领

选定离广场最近的一个家庭为"地球一号"实验点。

B总领来到一个三口之家，命令他们只能待在家里，不准出来，按计划B≠b1驯服丈夫，B≠b2对付妻子，B≠b3则从儿子身上找突破口，B总领要把他们B星化。

儿子斜眼看了B≠b3许久，露出笑容。B≠b3最不能容忍人类的笑容。B≠b3是B总领的得意助手，他每天看完B≠b1的表演，才开始排废水。儿子见到机器人要撒尿便笑了起来。一次，B≠b3排放了废水，未灌水，身体就悬在空中翻滚，好不容易才跌落在地上。

那天晚饭开得很晚，儿子、母亲、父亲三人通过眼光进行交流，这是B星球人不允许的。B总领宣布他们三人违反规定，不许他们吃早餐和晚餐。妻子委曲极了，眼里滚出两颗泪水，瞬间落到地上，B≠b3怎么也拿不起来，妻子咧嘴笑了。丈夫也望着妻子笑了。

B总领说："人类的语言表现了他们的思维方式，只要改变人类语言，就能彻底征服地球人。"B≠b1提出复制一些外表跟地球人一样的机器人，说B星语，思维方式同B星人。B总领十分赞同这个想法，便拟定了周密的计划。

这样，这个三口之家的实验点，丈夫有了"妻子""儿子"，妻子有了"丈夫""儿子"，儿子有了"爸爸""妈妈"。他们分别被安置在3间房里，B总领坐在监视机前，注视着儿子的B星化。

"爸爸"在教儿子B星语，儿子却要"妈妈"做游戏。"爸爸""妈妈"不会笑，儿子就模仿他们也不笑了。B总领就这样看着儿子一天天被驯服，B星语一天比一天流畅，行为一天天接近B星人。

3个月后，在"地球一号"的餐厅里，丈夫、妻子、儿子在餐桌旁各坐一方。儿子专注地吃饭，儿子在盛第二碗饭时，坐到他母亲身边，突然讲话了！儿子讲的不是B星语，母子两人抱在一起笑起

来。坐在旁边没有说话的丈夫也突然站起来，一手搂着妻子，一手搂着儿子，高声地唱着，笑着。

　　B总领见了，吓得瘫倒在地。那一家三口还在笑啊，笑啊，笑啊……

《科学文艺》，1988年第3期，方人改编

绿队对红队

胡廷楣

全校看篮球赛最多的人就是我，因为我爷爷是全球篮协仲裁委员会主席。不管什么比赛，不管在哪里举行，只要爷爷到场，我准能看到。一天，电话铃响了，我从电话里的对话中得知，这是全球篮协主席安德逊先生打来的。他要爷爷明天到马德里去一次。他在电话中说："用你们中国的说法，这叫'老裁判遇到新问题'！科学给我们出难题啦！"

爷爷大笑起来："科学？它绝不会成为敌人！"

安德逊嗓子有些沙哑："你来了就知道啦！"接着，他告诉爷爷比赛的时间。

爷爷临出发前，我把一个金属小盒子交给他："爷爷，我想看。"

"半夜2点！"

"我要看嘛！反正接下来是星期天。"

爷爷接过小盒子，爸爸驾车送他去机场。

第三天凌晨1时55分，我家的立体电视机发出了"嘟嘟"的叫声，我立刻从被窝里钻出来。爷爷真好，他准是在马德里戴上了小盒子里那副奇妙的眼镜。这样，他能看到的，我也能看到了。球员入场，全场观众突然哄叫起来。原来，绿队是大高个，头几乎齐篮板的下沿，手一举起来，可以超过篮圈一个手掌，抓起球塞篮，像玩儿似的。他们跑得不慢，动作也还敏捷，就是脸色有些苍白。红队个头一般，仔细看，他们两手特别长，几乎超过膝盖。肩特别宽，似乎有些驼背，而且脚也特别大，走跑好像迈八字，他们在场上也能灵巧地奔跑。正式比赛反而没看头了，因为得分太容易，没有扣人心弦的场面。那些队员一跑便气喘吁吁，眼睛瞪得老大，汗滴得像下雨似的。

球赛还没结束，安德逊和爷爷一起走向医学专家的席位："兴奋剂？"

"没有。"

"激素？"

"也没有。"专家组摊开双手，"用平常的办法，我们无能为力了。"比赛结束了，"94：94"。我看得呵欠连天。这时，一个意外的"镜头"出现了！只见一些运动员口吐白沫，倒在地上。急救车一辆接一辆呼啸着开进体育馆，全场一片哗然。

第五天，爷爷回来了。我忙问："那些运动员怎么长得这么怪？"

"哦，血液里检验出，绿队有长颈鹿的基因，红队有猿猴的基因。"

"那他们不是真正的人了？"

"是的。"

我说："真作孽。"

"人类的正常心脏不能承受这样动物身躯的活动！他们还不到16岁呢！野蛮！文明的野蛮！"爷爷激动了，他写了份报告，准备亲自呈交国际奥委会主席。一个月后，《环球体育报》上登出了一条消息：

　　本报讯：国际奥委会昨天做出了赛前必须验血的决定，借以确定参加比赛的运动员的遗传基因是否完全属于人类……

读到这条消息，我深深地叹了口气。不过，我久久未忘怀的，

是参加比赛的24名少年，不知先进的医学能否帮助他们恢复正常少
年的原样。

《儿童时代》，1988年第1期，李正兴改编

别进入禁区

嵇 伟

　　10岁那年，父亲带我出去看看他的工作。父亲是牧师，他的工
作是布道。我们走了很多路，来到一个奄奄一息的老头儿身边，父
亲在对他说什么。随着父亲的话语，老头儿嘴角出现一缕微笑，缓

缓闭上双眼，那快乐的神情永驻脸上。

老头儿临终一瞬，使我懂得死亡是怎么回事。父亲对我说：天国就在你心里。

蓝马是无神论者，什么神都不信。所以，蓝马最爱攻击我。一天，班长露露邀我和蓝马一起去看影。就在这次看电影后，我和蓝马和好了。

12年后，在E城大学研究生办公室里，我和蓝马再次相遇。蓝马想搞一个一鸣惊人的课题，我正有一个研究计划，要找个有独创精神的帮手，蓝马挺合适。我把寻找使人类的灵魂相互交流的主意告诉了蓝马。蓝马说："这主意棒极了！"

我和蓝马商量如何搜寻资料，筹集资金，建造实验室。我所以选择这个研究课题是那个老人临死前得到的安宁，使我相信人有灵魂，我决心以科学的角度去解释宗教。但父亲不理解、不支持我，我从物理系毕业后，父亲停止供给我生活费，我一边打工，一边学习哲学、生物，还学过瑜伽术和佛教，走遍世界许多地方。

研究生毕业后，我和蓝马谁都没离开实验室。一天，我晕倒在电脑前，医生要我必须去海边休假。我在海滩上徘徊，我和蓝马从25岁苦干到40岁，还要干多少年？就在海滩上我遇到了安，我把一切都告诉了安。这一晚，安留在我屋里。在艰辛的人生旅途上我独自跋涉了那么久，才发现过去的岁月是那么孤寂、黯淡。

父亲病危，我回到了故乡。姑母告诉我，父亲中风后在昏睡中说天天在想我。我走近父亲卧室，刹那间感觉进入了一个奇特的世界。"孩子，你终于回来了，我无力说话，无力睁眼，我知道你在我身边，知道你依旧爱我，谢谢你，儿子。"这沙哑的声音在我心里响起，而父亲依旧在昏睡。

我明白了，我成功了，是父亲的灵魂在和我说话，这么说我达到了自身进入别人灵魂的境界。"儿子，你不必内疚。其实，我真的不相信有上帝，有天国。"哦，父亲！原来你不笃信天主？不，不，他是信的，他非常虔诚。这是濒死之人的胡言乱语，还是临死吐真情？哦，我不敢听下去，我不愿知道属于你的秘密。我惶恐地退出了房间。

埋葬了父亲，悲痛没有过去。但成功的喜悦冲淡了悲伤。我见到了蓝马，他开着车，但他的灵魂在自语："安相当迷人，怎么会看上他？哦，这辆车抛锚了，去年这儿翻车压死个人。要是我们的车翻了压死了他，我就可以独自去领诺贝尔奖。"

我听后真的悲哀了，人啊，怎么理解你。回到屋里，安从浴室出来，我说："安，我成功啦！"

"什么？试验成功啦？"安使劲儿地抱着我，她的心却在说："我总算没白等，以后我会有钱有名，我要和大卫断绝关系，我要他给我请个男模特。对了，第一件事还是要和他结婚。"于是，安伏在我身上，娇声说："你成功啦，我们结婚吧！"

我真正认识了人，我后悔极了。我要离开那个实验室，离开这个女人，走得远远的。

《科学文艺》，1988年第4期，方人改编

深深的海洋

姜云生

为了在大洋深处试验人与海豚用电脑交谈，我们一组三人，分别驾着潜水器潜入深海，通过对话器发讯号给海豚。可是，它们一见潜水器，便逃开了。

今天，我决定单独潜入海底。在向深海潜水中，我思念着伙伴贝蒂，它是一条雌海豚。那次，研究所的考察船在海面上看到一头

蓝鲨在追赶两条海豚，一条海豚被咬伤了，另一条海豚就是贝蒂，逃向考察船，被研究所驯养。"人—海豚对话器"便是以贝蒂为试验对象。我们将海豚语言信息储存到电脑里，制成了人兽语言对译机，通过它我与贝蒂交谈，得知贝蒂的丈夫便是那天被蓝鲨咬伤的海豚萨沙。贝蒂被驯化后，一直在寻找萨沙，但始终没有结果。

我的回忆被刺耳的嗥叫声打断，眼前两只雄海豚在进行恶斗。它们一边厮杀，一边吼叫。我打开通话器进行劝架。两只海豚听到我的喊声，分了开来。它们看到我乘坐的潜水器，从左右两个方向向我冲来。我一面避开，一面喊着："我没有恶意！"两只海豚不理会，依然向我扑来。突然，潜水器一震，开始下沉。一会儿，从电脑传话器里听到一条海豚的话语："把它压到污泥里去！"我没有退路了，扳动轰击枪的扳机，一只海豚被击中翻倒，另一只逃跑了。

我使用的轰击枪，中子剂量极少。20多分钟后，那只翻倒在污泥中的海豚苏醒了过来。它翻过身，浮到我面前，我打开传话器和它交谈，原来这两只雄海豚是为了一只雌海豚而争吵，那只逃掉的海豚便是萨沙。

这消息使我大为惊奇。我得找到萨沙，把贝蒂的消息告诉它。突然，我发现一大群海豚在向我冲来。那条刚恢复体力的海豚也加入这支海豚队伍，我陷入了敌阵重围。

成百上千的海豚会把潜水器压扁。正在危急之时，无线通话器响了。大本营知道了我的险境，要我保持镇定，还告诉我贝蒂前来救我了，并要我把消息告诉萨沙。我用通话器向萨沙喊话，海豚们不理会，排开一字向我扑来。潜水器猛烈震动，我被撞得两眼冒金花。我作了承受再次冲击的准备，但海豚没有再冲来，却围着我在跳舞，圈子中央的正是贝蒂和萨沙。

当我操纵潜水器向海面升起时，身边跟着上百只海豚，像一支仪仗队。通话器里传来贝蒂与海豚们的谈话。考察船通知我，要小心看着贝蒂，她马上要做妈妈了。快要到海面时，贝蒂在圆心上来回翻腾，一只小海豚离开了母体。我打开通话器喊道："欢迎你，小贝蒂。"

《科学文艺》，1988年第1期，施鹤群改编

浪花城

晶 静

淘淘是个小淘气。一天晚上，他从家里溜出来，独自一人到海边去玩儿。到了海边，他看见一艘鲨鱼状的小游艇，里边走出一个漂亮的小姑娘。她自我介绍说，她叫茜茜，邀淘淘到浪花城去玩儿。淘淘正想到外面见识见识，就随茜茜上了小船。

不知航行了多久，他们到达了一座小城堡。城堡里一座座红的、白的、银色的小楼，像一只只大海螺、扇贝，漂亮极了。一盏盏五颜六色的灯，没有电线，像一只只彩色气球悬在半空。茜茜说，红房子是红珊瑚造的，白房子是鲸骨造的，银房子是珍珠镶的。那些灯是把发光的磷光菌收集起来，放进变色罩里做成的。这儿既不是陆地，也不是岛屿，而是一座漂移的海上城，叫浪花城。

茜茜领淘淘到城中心去玩。街上热闹非凡，商店里用海中动植物制成的商品琳琅满目，食品店里飘出一阵阵诱人的海鲜味儿。

茜茜又领淘淘到瞭望塔上去玩。在塔顶俯瞰，浪花城尽收眼底，全城约十几平方千米，像一艘硕大的航空母舰，漂浮在大海中。茜茜说，浪花城从海水中提出氧元素，使它发生核聚变反应，产生很大的能量，浪花城用这能量作动力，在海上漂浮，还能潜下海去。

正巧，那天是浪花城建城300周年，要去海底开庆祝会。此时，

广播里响起了准备下潜的通知。茜茜和淘淘从塔上下来，躺在草坪上，不一会儿，淘淘见瞭望塔上的塔尖辐射出无数钢架，犹如一把大伞，把全城扣下。然后，又从城的四周升起了一张张硕大无比的透明罩，严密地罩在钢架上，整座浪花城被罩了起来。淘淘担心这罩子不结实，城里会缺氧。茜茜说，这罩子是耐高压、耐腐蚀的，不用担心被压坏。城里有专门分解水的装置，把水分解成氢和氧，氢可当燃料，氧可供人呼吸。

过了很久，浪花城潜到了它的一个海底基地。在灯光的照射下，淘淘看到了五光十色的海底世界。茜茜把淘淘领进浪花城的水晶宫里，那里正在进行盛大的庆典活动，台上的节目极为精彩，淘

淘看得如痴如醉。

淘淘问："浪花城的科学比陆地上还要发达，但是这座浪花城是怎么来的呢？"

茜茜说："我也不十分清楚，只知道个大概。我们也是炎黄子孙，在300年前，我们的祖先建成了这座城市。我的曾祖父曾把它开往陆地，想以此报效祖国，不料那时的清朝政府正在杀害革新的人，我们的先辈寒了心。以后，世界上又战争连绵。为使浪花城不致毁灭，先辈们立下誓言，再也不和世人交往，过桃花源般与世隔绝的生活。所以我们不欢迎外人进入，我是偷偷把你带来的，你回去后得严守秘密。"

庆祝会结束后，浪花城升到海面，茜茜偷偷地驾着小游艇，把淘淘送回到了原来的地方。

《少年科学》，1988年第2～第4期，庄秀福改编

红 与 绿

李其舜

报上刊登招聘探险队员的消息，我决心去应聘。但是我是个色盲，怎么行呢。奇怪的是，招聘人员听了我的介绍，反而录取了我。

第二天，我承担了在林区上空为地面探险队空投补给的任务。机长命令我向地面红绿标志投放。我睁眼一看，机下模糊一片，根本分辨不出红绿色，怎么办？机长叫我戴上头盔。奇怪的事情发生了：透过镜片，我竟然在千万棵绿树中，清晰地看到了红色的花朵，而且发现由红绿色交错组成的箭头。我立刻按下投放按钮，机翼下的降落伞马上脱落，准确地向目标落去。返航后，地面指挥部

告诉我：那头盔是一部视向监视仪，它能自动跟踪色盲患者的瞳孔，判断被视物位置，再按被视物的色彩，发出电脉冲，把信号输给人脑。

我正在赞叹这头盔真是色盲患者的福音时，机长告诉我，因天气变化，要我紧急跳伞。机下是红色植物密布的大海，只有一个绿色区域是海岛，机长叫我往岛上跳。我刚跳下，就传来指挥部的指示：检查胸前的证章是否戴好。我看了一下，那证章安稳地趴在胸前。我担心自己从未跳过伞，又是色盲，难以活命。哪知道我却准确地降到了陆地上。地面指挥部又告诉我："领航员"就是那枚证章，它是一种识别红绿色的遥感遥控微型机，能自动识别红绿色，引导跳伞人在目的地准确下落。

我站在岛上的一块礁石上，准备下海游泳。指挥部又通知我，不许脱掉工作服，接着又派来一艘无人驾驶的汽艇，叫我乘上它躲避台风，驶向有绿色灯塔的B岛。我急忙开动汽艇出海，糟糕的是我发现证章没了。现在怎样识别目标呢？我将险情报告给指挥部，指挥部回答说，打开食品柜，吃下带有"试验食品"标签的面包和饮料。我正好饿了，就打开包装大吃起来。我边吃边看包装纸上的说明，原来这食品具有特殊的分子结构，含有修补色盲患者机能的感光细胞。不久，我真的准确地到达了灯塔岛，暗暗庆幸自己吃下了有神奇功能的食品。

上岛后，我在别墅休息。我打开电视机，上面正播放一则生理研究所的广告。仔细一看，奇怪了，其中的画面正是我刚刚的经历。我这才明白，原来他们招聘我当探险队员，正是为了让我给他们的新产品做广告。

《我们爱科学》，1988年第7期，刘音改编

小普工智斗"孙悟空"

李其舜

新峰市少年宫里有座科技馆,科技馆里新添了一名第12代智能机器人小普工。有一天小普工遇到了一件怪事,在参观的小朋友中,突然窜出来一个人。小普工睁开光磁声复合眼,开动电脑,判断出来者是"孙悟空"。小普工忙问:"大圣此来有何见教?"

对方说:"听说你本领很大,今特来比试比试。"

小普工让他先等一等。然后他跑到总指挥室里找到柯普老爷爷,说明了情况。柯普老爷爷早从监控仪上了解了详情,并已查明了此人的来历,就笑笑说:"你脑子里已贮存了科学院的全部资料,有受控记忆复合材料的躯体,胃里又装了够1年消耗的核面包。它要比什么,跟它比就是了。"

小普工回到科技馆大厅。他对那"孙悟空"说:"我们来个三局两胜怎么样?第一局你打我,我不还手,在5分钟内你打着了我,就算你赢;第二局我学你的72变,在3分钟内,从我的3次变化中,你认出我一次,就算我输;第三局……就不必比了,因为反正你得输。"

"孙悟空"听了这些话,火冒三丈,抡起大棒就砸了过来。小普工机灵地闪开了,5分钟很快过去了,"孙悟空"没碰到小普工一根汗毛,第一局"孙悟空"输了。它问小普工,怎么打不到他。小普工说他身上有自卫器,能根据来者体质和武器性质,放出磁力或气流,拒敌于1米之外。

第二局比试,"孙悟空"没能找出变化了的小普工。原来小普工是用光幕遮盖了自己的身体,使对方只能看见光幕上的图像,所以无法识别他。

"孙悟空"见自己一败涂地,气得要撞墙自尽,亏得被小普工拉住了。正在这时,柯普老爷爷领着一个年轻人来了。年轻人对"孙悟空"说:"我给你检查一下。"检查完毕,年轻人对柯普老爷爷说:"老师,您的判断完全正确,是电脑病毒损坏了它的'神经',它才超出了导游的本职,跑到这儿来比武。我回去马上给它修理。"

柯普老爷爷见小普工露出惊讶的神色,就说:"它是游乐场的导游员,第11代机器人金猴,论辈分还是你的叔叔呢。"说完,又对年轻人说:"看来,我还要给小普工增加辨别人的真假的能力才行。"

《少年科学》,1988年第9期,庄秀福改编

新　生

李维明

汪明是品学兼优的高中毕业生,已被科技大学录取,正准备入学。想不到一个巨大的不幸降临到他身上,他患了癌症,并且已到了无法医治的晚期。家长焦急万分,到处求医,但均被婉告已无能为力。

后来,报上报道了一则消息:S市某医院李东教授正在研究一种冷冻法,可将目前无法医治的病人冷冻起来。若干年后,研究出治疗方法后,再将病人解冻医治。汪明的父母十分高兴,马上把汪明送到李教授处。

李东教授同意将汪明冷冻起来。他说,许多动物需要冬眠,实际上人体速冻就是将人处于一种冬眠状态。这是一项难度很大的技

术，首先得解决冷冻与解冻时身体内部和外部的体温升降同步进行这个问题。冷冻时，要保证体内细胞里的水不结冰，否则冰一膨胀，会把细胞胀破，人的性命也就完结了。不过，李教授已解决了这些问题。于是汪明接受了冷冻，躺在一个冷冻柜里。这年他17岁。

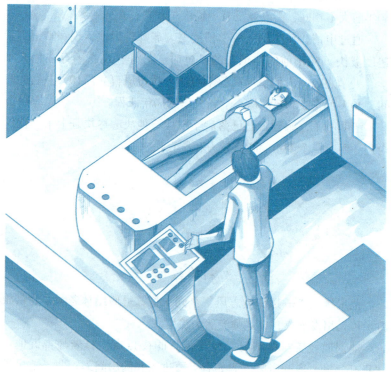

但是，意外的事发生了，李东教授与他的助手在一次科学实验中不幸蒙难。关于汪明的冷冻法，只留下一大堆卡片，像天书一般，别人根本看不懂。

两年过去了，20世纪的病魔——癌症终于被人克服了。由于无人会解冻，汪明仍躺在冷冻柜里。一群年轻有为的科学家组成攻关小组，争取早日攻克冷冻法这一难关。

冬去春来，50年过去了，人们重新掌握了冷冻法这项技术，汪明终于醒来，他的癌症很快被治愈。他的双亲已去世，以往的同学已成了年近七旬的老人。展现在汪明眼前的是一个完全陌生的世界。人们已改用一种世界通用的语言交谈，建筑物的格式、布局与50年前大不相同，街上竟没有一辆汽车和自行车。

通过申请，汪明到一所学校读书。老师告诉他，现在知识更新速度极快，50年前的知识有的已过时。另外，现在不存在什么小学、大学之分，人们借助高效学习器，学习语言只需10天左右的时间，20天可完成50年前从小学到大学的16年课程……

汪明听了，感到自己已落后于时代，他决心尽快赶上来。他体内正洋溢着一个少年的旺盛精力和雄心壮志。

《少年科学》，1988年第8期，庄秀福改编

羿

利锦昌

范星雄、李成邦和袁志风三个同学打算暑假跟林老师去北京旅游。可是出发前夜，林老师突然失踪了。

他们向校工打听情况，校工说，昨夜11点，林老师告诉他："我有急事要离开市区，假如有人要进入我的房间，除非是范星雄他们，其他人千万别让进去！"说完，林老师就走了。

三个同学议论着，都认为林老师有点儿古怪：他在历史课上居然说古代神话"羿射九日"是真有其事。古代天上的确有10个太阳，要不是羿射下9个，地球早就毁灭了。他还说什么，嫦娥偷吃的不是西王母的长生不老药，而是外星球的一种矿物。

三个同学担心林老师出事，就同校工一起进了林老师的宿舍。发现屋里除了一张卡片以外，没有别的新奇的东西。卡片上面有200多个古怪的符号，有些像英文字母，有些像汉字的草书。

　　他们三人回到李成邦家，突然发现卡片中隐藏着一个数字7123844。他们认为这可能是个电话号码，就试着拨了号，果然电话里传来了林老师的声音。林老师说他现在在文福道3号清雅大厦12楼C座。

　　他们来到这座大厦，林老师果然在那里，林老师严肃地说："我不是地球人，我就是羿。"接着他道出了自己的身世。他原来住在一个与地球相似的星球上，已有五六千岁了。因为那个星球转得很慢，所以寿命长，长得像地球上的中年人。当地球还是石器时代时，那个星球的科技文化就发展到相当高的程度。那里有个激进派怕地球进步，会超越他们，就主张毁灭地球。他们在地球周围布置了九座激光机，使地球奇热无比，这就是地球人误认为的9个太阳。林老师等许多温和派的人反对他们这样干，就被拘禁起来。幸亏林老师逃脱，带着武器乘飞船离开自己的星球。他飞到地球附近，用武器击毁了九座激光机，这就是地球古人传颂的"羿射九日"的故事。

　　就这样，林老师一直在地球隐居了下来，直到今日。可是最近，他突然得知自己星球的老友格里格尔来到了地球，说自己星球的温和派已经掌权，要请英雄林老师回去。于是，就出现了林老师突然失踪的事情。

　　林老师把自己的秘密告诉了三个学生，并决定和格里格尔一起返回自己的星球去。

　　在离开地球的时候，林老师亲切地向同学们告别。三颗年轻的心在憧憬着与林老师重逢的那一天……

《我们爱科学》，1988年第12期，刘亲改编

过目不忘

李维明

爸爸告诉我世上没有天才，他认为天才只能出于勤奋。所以我学习十分刻苦，成绩一直在班中名列前茅。

最近，我们班来了一个新同学——王彬，他是随父母从外地来到我们这个城市的。由于种种原因，他耽误了两个月的课。老师将他安排与我同桌。

王彬是个不太用功的学生。上课时他还凑合着听听，课外就很少见他认真看过书。他生性好动，运动场上常能见到他的身影。考期一天天逼近，可他还是无动于衷。由于他是新同学，我一直没好意思说他，但现在我终于沉不住气了。我劝他少玩一点儿，多读读书。王彬回答，他这样并不妨碍学习。我问他，指定要背诵的课文都背出了吗？他随意背诵了一篇，全文一字不差，并且背得十分流畅，这下使我暗暗吃了一惊。更使人感到意外的是，到期中考试，一贯得第一名的我，这次屈居第二，第一名竟是那个曾一度让我担心的王彬。

对这件事，我感到不可思议，大惑不解。于是我就去请教王彬："你在学习上花的时间不多，为什么成绩却那么好呢？"

王彬说："这不是三言两语能讲清的。你若有兴趣，晚上到我家去吧。"

晚上我去了王彬家，王彬和他父亲接待了我，看得出他父亲是位学者。王叔叔说："王彬已向我讲了你所提的问题。你可能知道，人的大脑有140亿个细胞，它们的功能足以贮存1000万亿信息单位。如果这些细胞被完全利用，一个人就可以通晓6门外语，掌握

3个大学的全部课程，记住大百科全书的10万篇文章。在科学高度发达的今天，我们尚无法制造一个可与人的大脑相媲美的仪器和设备。人的大脑是亿万年来生命与智慧的结晶。可是，遗憾的是人们的大脑利用率只有15％，这是多么大的浪费呀！"说到这里，王叔叔让王彬拿来一个晶体管收音机模样的小仪器，说："这是我们研制的高效学习器，还在试验阶段。来，你试试看。"

王彬把一副耳机戴在我头上，王叔叔递给我一本书，让我看一篇文章。关机后，我竟能一字不漏地将文章记了下来。这真是过日

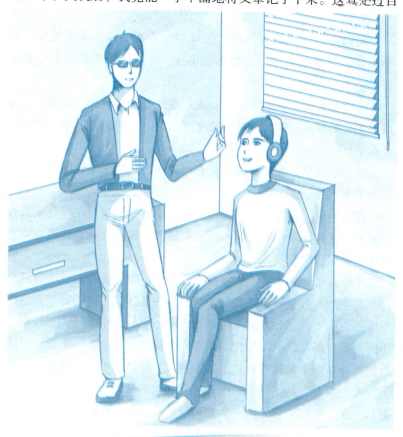

不忘了。

告别王叔叔和王彬后，我兴冲冲地回了家。真希望高效学习器能马上试验成功，让我们可以获得更多的知识。

《少年科学》，1988年第10期，庄秀福改编

忙克的新生

陆 明

我们班的韩晓娟去体育馆练球时，发现一辆汽车就要撞上一个小孩，她勇敢地冲上去救出了小孩，而自己的脚的跟腱却被撕裂了。

韩晓娟是校女排的主攻手，人瘦瘦的，动作敏捷得像猴子，所以得了个外号"忙克"，这是英文"monkey"的谐音，中文意思就是猴子。

离全市新星杯女子排球赛只有15天了，在这个节骨眼上主力队员出了事，真是急死人！

据医生说，目前治疗跟腱撕裂的主要方法是用尼龙等合成纤维来修补，这样既不结实，又不能长期屈伸，这就意味着，忙克要和排球场永远告别了。

半个月后，新星杯女排赛拉开了战幕，冠军赛在白云体育场举行，争夺的双方是一中队和七中队。一中队连拿了两届冠军，这次少了忙克，三连冠怕没希望了。果然第一场七中队以15∶8轻取一中队，第二场又以8∶5领先。正在一中同学泄气时，一架直升机降落到场外草坪上，接着从机上走出一位身穿"一中"运动服的运动员，人们一看，是忙克。一中教练立刻请求换人，忙克一上场，局面马上发生变化。只见她一会儿翻滚救球，一会儿跃起重扣，最后

一中队以15：12扳回一局。接着又以15：7、15：5的悬殊比分拿下两局，实现了"三连冠"。

球场上一片欢呼，有人怀疑上场的是不是忙克的孪生姐妹，否则，忙克为什么会奇迹般地复出呢？！

为了揭开这个秘密，我陪忙克来到医院。原来医生用碳纤维代替传统的尼龙，修复了忙克的脚跟腱。这种腱只需6~8个月就能长成。可是我不明白，忙克的伤才用了15天就好了呀！医生拿出一个小小的测量器告诉我，是它帮了忙克，它能发出干扰电流，促进血液循环，加快新陈代谢，使伤口快速愈合。

我拿起这个像手表似的仪器，对大夫说："是你们，也是科学挽救了忙克的运动生命，帮助我们夺得了'三连冠'！"

《我们爱科学》，1988年第12期，刘音改编

最后一次地震

罗先成

公元2008年5月5日，世界上好几个国家的地震部门都发布了一次巨大地震的预报，地震将对A岛四周500海里以内的几个岛屿造成严重破坏。几天过去了，A岛上仍人来人往，没有一点大震将临的样子。

5月15日午夜，世界各国的地震学家都惊异地发现，仪器上关于A岛将发生地震的指示完全消失，但在这之前，他们没收到A岛已发生地震的消息。卫星观测表明，A岛安然无恙，但在它东侧200海里处，出现了一个新岛。

第二天，世界各地的记者和专家赶到A岛，A岛又用船将他们送往新生的无名岛上。在无名岛上，A岛地震研究所所长王教授接待

了他们："你们看，这就是这次地震的杰作。"顺着他的手看去，记者们发现这个近100平方千米的岛屿完全由花岗岩构成，这些花岗岩还"自然"形成了飞机场、广场、大街台基和能抗拒超强台风的隧道。

记者们个个瞠目结舌。王教授解释说："这次地球史上最大规模的岩浆运动，带给人类的灾难本是不可估量的。但在地下奔突的岩浆尚未找准突破口的时候，我们用激光在预定的地点钻了个直径2米的孔，让岩浆按我们设想的流量涌出，并按我们设计的模型冷凝成各种地形。"

一记者问："如在陆地上发生地震，是否也能这样处理？"王教授说："也可以，当然难度要大得多。因为有几个棘手的问题，那就是钻孔位置的准确选择、钻孔时间的把握、岩浆中灰分的扬弃和岩浆的及时冷却等问题。不过，我们已取得了经验。我可以断言，因火山爆发引起的地震从此将在地球上绝迹！"

记者们颔首不迭。王教授趁机向他们宣读了一篇他撰写的《火山爆发不会产生地震》的论文，得到了专家和记者们的赞同。

《少年科学》，1988年第9期，庄秀福改编

时过境存

瞿明秋　　张希玉

放假了，舅舅通过光视电话邀请我去哈尔滨玩。舅舅和舅母都是硅酸盐专家，一个月前，舅母去世了，我多么想去安慰安慰舅舅啊。

我乘上直达哈尔滨的磁悬浮高速列车，四小时后就从北京到达目的地。我找到舅舅的新居，他开会还未回来，但是我根据他告诉

我的门锁密码，顺利地进了门。

　　这是舅舅新搬的家，我走到一扇窗前，无意地按了一下窗边的电钮。金丝绒窗帘徐徐拉开，我惊呆了：一幅海边美景出现在眼前，我仿佛亲身站在海边。我走到另一扇窗前，又按了一下窗边的电钮，更令人惊奇的情景出现了：那是一片树木繁茂的青山，野鹿似乎要奔到我的身边。这是幻觉还是梦境？我迷惑不解。

　　我来到书房，向卧室的玻璃门望去。啊，那不是舅母在里面忙着吗？我赶紧推开房门，却连舅母的影子也没有。这又是怎么回事啊？

我回到书房，在舅舅的写字台上看到一篇论文《奇妙的慢透光玻璃》。慢透光玻璃？多么新奇的名词。我怀着极大的兴趣看了论文，原来舅舅研究出了一种几毫米厚的特殊玻璃，光线要花费10年时间才会透过来。用这种玻璃制作窗子，外面的光线会慢慢透过来，使室内出现"时过境存"的情景。也就是说，10年前的情景，现在才会出现。我想，刚才看到的情景，是不是也是慢透光玻璃造成的呢？

我正在沉思，舅舅回来了。他告诉我，我看到的情景正是慢透光玻璃起的作用，这是舅舅和舅母多年科研的结晶。为了纪念舅母，所以把它安放在卧室里，让她继续活在我们中间。

不过，我有点奇怪，难道我看到的是10年以前舅母的情景吗？舅舅解释说，不，这种玻璃的透光速度是可调节的，我看到的是几个月前的景象。

舅舅还告诉我，慢透光玻璃除了留下往日的记忆和供人欣赏的自然景色外，还可以用在矿井下、潜水艇、航天飞机和外星球上。由于它会变幻往昔景色，所以可以改善环境，改变人们的心理，活跃生活等。由于它有这么多用途，所以国际硅酸盐学术会议推荐这项成果为2001年国际建筑科学奖。

啊，我好像看到舅舅和舅母站在高高的领奖台上。

《我们爱科学》，1988年第6期，刘音改编

肖仁外传

万焕奎

肖仁是1001型机器人。他能洞悉人的内心活动，并能发射生物肌电，使人身不由己地做动作。那天，他来到某机关大楼前，看到一个胖子和一个年轻人表里不一，便不自觉地发射出了肌电，霎时乱拳翻飞，两人厮打起来。肖仁看到事情不妙，赶忙停止了肌电发射，胖子和年轻人装模作样地和好了。

肖仁来到公园，见到一对情人在谈心。那小伙子身残体缺，面目如鬼，编造谎言，欺骗纯真的姑娘。肖仁发射出强大的肌电，小伙子剧烈地痉挛、扭动起来，嘴里叫着："我是畜生，我不是人！"不料，那姑娘更爱他了。肖仁怔住了，赶忙停止了肌电发射，无可奈何地离开了公园。

前面走来一位农民，见到西装革履的肖仁，农民心中思忖：莫不是遇上了骗子。但肖仁决意要帮助他。

肖仁陪着老人在商店里买了五瓶酒、五条烟，跟着老人来到农贸公司供销处。原来，农民需要301农药，新来的年轻主任直接批了条子，要农民到乡农资站提货。老人送上烟酒，主任不肯收，农民怀疑那条子是假的，急得主任直皱眉头。肖仁读着主任的脑电波知道他是个好人，诚恳地对农民说："老大爷，批条是真的！"

农民却喝道："滚开，你这没心肝的东西！"

肖仁发射出强大的生物肌电，年轻主任决意要陪农民到乡农资站走一趟。看着农民和年轻人渐渐远去。肖仁体内能源临近枯竭，一下颓倒在沙发上……

《科学文艺》，1988年第6期，方人改编

捉"狼"记

王振坤

在边界线上，边防军班长鲁民和战士小李发现七只"狼"爬过了国境线。小李低声问班长："怎么办？打？"

鲁民从衣袋里摸出一把小手枪说："试试这个宝贝。"

小李正莫名其妙地看着这奇怪的小手枪，七只"狼"已来到跟前。鲁民大喊："不许动！举起手来！"对方吓得转头就跑。鲁民飞快地举起小手枪，向对方连连扣动扳机。随着七声枪响，奇迹出现了，那七只"狼"竟像着了魔似的，呆立在原地一动不动，叽里呱啦地叫了起来。

鲁民健步上前喝道："你们侵犯了我国国境，现在被俘了。"

对方抵赖说："不，我们迷路了。"

小李气得直咬牙："再不讲实话，我就开枪了。"

鲁民制止了小李，并命令他向连长报告情况。十几分钟后，连长赶到现场，看到这情景，也不知道鲁民搞的是什么名堂。

连长立即通知对方边防站头头。边防站头头在事实面前只好签字认罪。

就在此时，我方慰问团也赶到现场。慰问团带来鲁民父亲的一封信和一把与鲁民手中的枪一样的手枪。从信中，连长才明白了事情的真相。原来，鲁民回家探亲时，发现在针灸研究所工作的爸爸研制出了一种激光枪，这种枪刺激动物后颈部，可以使动物处于麻痹状态，僵立不动。于是他想到，可以用它对付来犯的敌人。于是在临回部队时，借用了这把激光枪。

这次对付侵入的"狼"，就是用的这把枪。

可是，因为鲁民的鲁莽差点闹出了事故。他只带来了激光定神枪，而没有带来激光复神枪，这就不能使中枪者恢复常态。正是这个原因，鲁民父亲托慰问团及时捎来了复神枪。

连长拿起复神枪，严肃地对对方头头说："你们要保证今后不再发生类似事件。"

对方头头连连点头说："我保证，我保证，可是你要释放他们。"

对方头头指了指还在僵立中的"狼"。连长拿起复神枪，对准七只"狼"的颈部一一射去。十几分钟后，他们都恢复了常态，一瘸一拐地移向边界的那一侧，消失在夜色中。

《我们爱科学》，1988年第4期，刘音改编

天 火

魏雅华

霹雷，闪电。暴风肆虐的时候，我妻子正在市郊的大气观测站值班。一个球形闪电冲进监测室，在室内炸开，把观测站炸得粉碎。

我仰天长恸，来到暴风雨扫荡过的河边。在一片烧焦的泥土上，一株1米多粗的柳树被削去一大块，树身上有一个烧黑的弹洞，我用手伸进去掏，竟掏出一块烧黑的石子，花纹很美丽，我装进了口袋。

一夜无眠。天亮时分，有人敲门。来访者是陈聪工程师，他说我这间屋里有异常现象，屋里会不会有放射源，放射出射线？他又告诉我在这场暴风雨中有32人失踪，只发现6具尸体，他弟弟也是其中的一位。他临走前，留下一个探测放射性物质的仪器，会自动报警，还留下了他的电话，要我有异常发现时立刻打电话给他。

　　我漫无目的地在街上踯躅，淋着蒙蒙细雨。我似乎听到一缕袅袅歌声。是妻子的歌么？歌声把我的心都揉碎了。鬼使神差地，我走进一家酒店，里面还有位姑娘。我喝得酩酊大醉，跌跌撞撞走回家。她在家！来吧，妻！我在期待你扑进我的怀抱！

　　第二天，陈聪又来了。他说我昨晚同人喝醉了酒，我感到惊奇，问他怎么知道的，他指着水泥栏杆上的脚印说："昨晚有人沿着水管爬上了你家阳台。"他还告诉我，那场暴风雨是一个小型核燃料堆在高空爆炸后引起的气流旋涡，是一艘外星人的航天器遇难引起的，他还怀疑我得到了外星人航天器遇难时留下的黑匣子。他又说："有什么情况给我打电话。"

　　他为什么认准黑匣子在我手里呢？

　　电话铃响了，是一个陌生人的声音。他愿出100万元，要我的黑匣子，还说要跟我见面。我准备出去长点儿见识，反正我一无所有。我出了门，沿大街漫无目的地走着，电影院在上映一部武打片。有个女人对我媚笑，她告诉我付款方式，还说100万元为我存入瑞士银行。

　　回到家里我再次寻觅，找不到什么黑匣子。哦，我想起了从那株断柳上的一个弹洞中取出的那块石子。石子到哪里去了呢？我想起来了，我把它跟空烟盒一起揉做一团，扔进了废纸篓倒进了垃圾通道里。

　　我得把这件事告诉陈聪。这时，电话铃响了，又是那个陌生人，他告诉我妻子还活着，他让我妻子跟我说了话。那人要我把黑匣子交给他，才能放回我的妻子，他还规定黑匣子必须在明天中午12点，送到纬十街立交桥。

　　我正想着，陈聪来了。电话的内容他已全部知道并已录音，他说我妻子活着是可能的。那次爆炸是反物质来到地球引起的。反物质爆炸的能量惊人，达到了穿越物质结构的临界值，使我妻子能穿壁而出。我不懂这太玄的道理，现在得搜寻垃圾通道，找到黑匣子。

陈聪对一切作了安排，已报告公安人员带着电子警犬搜查垃圾通道，还说反恐怖特别部队会将匪徒一网打尽。

第二天中午时刻，我来到指定的立交桥，黑匣子就在我兜里，但是没有人来。我回到家，一只鸽子在阳台上"咕咕"叫。电话铃响了，又是那个人的声音，他要我立即把黑匣子交给阳台上的那只鸽子，还不许我挂电话。我把黑匣子装进鸽子脚上绑着的麂皮袋，鸽子飞走了。

反恐怖特种部队几乎与鸽子同时到达匪巢。原来黑匣子本身就是一台讯号发生器，它不停地呼叫，反恐怖特种部队战士只用2分36秒就逮住了匪徒。

半夜里，陈聪给我打来电话。电话里传来了妻子的声音，她在黄海边上的一座小孤山上，要我赶紧去追她。我收拾行装，直奔机场。

清晨7时，我和妻子观看着将黑匣子送回太空的壮举，中科院用火箭把原是外星人的黑匣子送回太空。

午夜时分，屋外一阵惊天动地的欢呼声，推开窗户，天上一行燃烧的大字：感谢地球人！

那燃烧的大字，照亮大地，照亮浩瀚的寰宇。

《科学文艺》，1988年第2期，方人改编

在哈雷彗星上登陆

夏中晖

詹金斯上校接到国防部长的紧急通知，叫他赶快到宇航局去。原来哈雷号飞船在建造时，要求在飞船上装一枚小型炸弹以备使用。但不知为什么竟错装上了一枚核弹，此事上校必须从速处理。

此时，哈雷号飞船正航行在亿万公里之外，向哈雷彗星靠近。这艘飞船由希尔顿、罗夫和亨特三人驾驶，目的是考察这颗千载难逢的彗星。

彗核周围的光辉散布到飞船四周，再往前飞，出现碎裂的冰块，飞船减速了，穿过一层云朵。接着，飞船放出一个小艇，希尔顿和罗夫准备在彗星上降落。在降落到一块沙洲之时，他们竟看到那里竖着一件三个一串的糖葫芦似的物体。"天哪，是人造物体！"三人同时叫了起来。

这个物体下层是支架，外表有鳞状散热片，中间像银子造的，上面有电池和天线。这时，母船上传来亨特报告的一个坏消息：和地球保持联系的天线发生故障，正在修理。在彗星上的罗夫认为，这"糖葫芦"至少有几万年的历史。而希尔顿认为，它像一艘倒栽在这里的宇宙飞船。

他们决定带回这个人造物，但是没法将它们分开，于是他们回到母船，决定去取炸弹来炸开它。但是他们发现，母船上装的不是炸弹，而是核弹，用它来炸人造物，岂不是要把整个彗核炸毁？

三人讨论后决定，放弃爆炸计划，留下那个人造物作为纪念碑，同时将自己飞船上的探测器刻上图案，架在人造物的最上面，留待以后来的宇宙生命做参考。

三位宇航员完成任务后，回到母船上返航。此时，飞船上的天线已经修好，和地面的通讯也已经接通。很快，传来地球上焦急的声音："哈雷号注意，立刻关闭第5470号按钮，取消炸弹启动程序，装错了炸弹……"

三个人哈哈大笑，他们没有辜负地球人的期望，没有去打炸弹的主意，为地球人类在宇宙中树立了一个和平的榜样。

《我们爱科学》，1988年第12期，刘音改编

靶　子

虞　子

作为一名律师，我平生第一次为一件毫无希望的案子出庭辩护——一个名叫许静的姑娘被指控谋杀了自己的一位同事，仅仅因为觉得同住一室的人睡相不好而把她活活掐死。从案卷反映的情况看，所有事实和证据都清楚无误，许静因此被判处了死刑。然而，与许静几次谈话、接触后，我不免感到困惑，因为连她自己也讲不清为什么会杀人，只能说她不能自制。凭我的分析，许静的杀人动机并不合逻辑，简直是一个谜。

出于职业的敏感，我试图解开这个谜。我走访了她的父母，又去拜访了许静曾向我提起过的恩师万教授。在万教授的实验室里，我不小心撞破了试管，为防止感染被打了一针，奇怪的是，从那以后，我开始感到有几分烦躁，1个月后，情绪烦躁变得频繁起来。一天，我正在电脑上调阅案例，无意中发现广州、北京、上海等地均发生过"美女谋杀案"，案犯的情况和许静出奇地雷同。我连忙把这些案子仔细比较，猛然发现，所有案犯都和一个人有过这样或那样的接触，而那个人竟然是万教授。我被这一发现惊呆了，联想起自己这几天的表现，我不禁直冒冷汗，难道……

我决定搞个水落石出。很不幸，我刚进入万教授的实验室不久，就被发现了。万教授得意地说道："那几个漂亮、聪明的女孩子都是我的试验品。我瞄准的靶子包括你在内，一共7个，其中的6个已在适当的时候失去了理智，无量前途毁于一旦，你也快了。"

"你休想控制我！"我一边说，一边奋勇地向他猛扑过去，与他扭打起来。扭打中，一丝丝躁动在我心中迅速浮升，使我变得疯狂起来——那是药物在发生作用。我抓起一片碎玻璃，朝万教授的喉头扎去，在我一阵快意的叫声中，他倒在了血泊中。与此同时，警察也赶到了，是万教授的女助手报的警，她以为发生了抢劫。

在警局，女助手交出了他们研制的生物神经毒剂。他们把这种像毒瘾发作，能使人失去理智而去杀人的毒剂，称之为"靶子1号"，而研制它的唯一理由竟然仅仅是为了消遣。

发明的目的是为了造福人类，但可悲的是，眼前这种丑恶而且变态的发明，却使很多人丧了命，包括他们自己。

《少年科学》，1988年第2期，刘佩菊改编

明月几时有

薛伟华

我和美伦上校这次来月球，是为了执行一项"月神计划"。因为有一颗流星将和月球相撞，我们的计划是将月球推离现有的轨道，避免相撞。

我们走出飞船，受到月球研究所所长戴思言和女助手的欢迎。戴思言是接替他的父亲戴华博士的工作而来月球的。不久前戴华不幸被人暗害，至今未找到凶手。

流星将于9月6日3时撞向月球，美伦上校决定在2时整，提前1个小时把月球推离轨道。推动月球的动力是四个原子核推进器。9月4日晚，忽然警报声大作，原来控制室发生了事故：思言博士的女助手被激光枪击中，经抢救保住了生命，但脑细胞受到了严重破坏。女助手是思言的未婚妻，是什么人对她下的毒手呢？

9月6日凌晨，离执行"月神计划"还差1小时了，思言还未来到控制室。我想会不会又发生什么意外？就走出控制室来到核动力所在的9号山谷。推开铁门，竟发现美伦上校在这里。

美伦说这里发现了一男一女两具干尸，在男干尸旁还有一把斧头。美伦说干尸旁有个说明，说是吴刚和嫦娥的尸体。我大笑，这是神话中的人物，绝不可能。我拿起斧头端详，心想这真是吴刚砍桂花树的斧子吗？

正在我思索之时，旁门爬出一个血淋淋的人，他正是思言。思言大叫："美伦是间谍，他想杀我。"我回头望去，只见美伦拔出激光枪，"嗖"的一声，一束激光直穿思言的眉心。我大骂美伦。美伦握着枪说："你也要死的。是的，我是X星派来的间谍。"

我说："美伦，我和你无冤无仇……"

美伦大叫："别说这些。我是在执行X星的特别任务。戴华博士是我杀的，戴思言的女助手也是我伤的。她本是我的同党，是我们派来监视戴思言的，想不到她动了真情，要和思言结婚。X星早就在研究地球人，他们把嫦娥和吴刚弄到月球上进行研究，证明地球人根本不适合在月球上生存，所以他们死了。"

我听了他的话，无意中解开了一个谜团，原来我们的祖先是根据嫦娥和吴刚的遭遇，编出了神话。我暗暗地抡起斧头，向美伦上校狠狠砍去，结束了这个坏蛋的生命。接着，我不顾一切地爬上轻型飞机，向控制室飞去。

只剩下40多秒钟了！我踢开装有控制器的箱门，启动控制按钮。说时迟，那时快，几部强大推力的发动机同时启动，月球颤动着，按计划偏离了轨道，一颗流星从月球原来的位置急速掠过……

《我们爱科学》，1988年第9、第10期，刘雷改编

伊甸城的毁灭

资民筠

伊甸城考察要招聘助手，我飞奔而去。应聘者口若悬河，B教授老是摇头。我的一张即兴漫画却被B教授看中，我被聘用了。

一天又一天，我们搜集、分析焦土，从焦土中找寻线索。指示仪突然发出怪声，从焦土下挖出一个金属盒。打开盒盖，展现出一个女子半身全息像，像座上有一行大字："E，永恒的忠诚A"。

A院长是H城的天才，他17岁就获得3个博士学位，18岁任H城

第一大学第一教授，20岁任联邦科学院院长。不久叛逃到伊甸城，任首席科学顾问25年，直至伊甸城毁灭。

"天才来了又去了。"我们回到H城，找到那半身像的原型，她是A院长的助手和未婚妻，半卧在病床上，她的亲戚F夫人照顾她。

F夫人说，E女士无言、无欲、无喜、无怒，首次发病在A叛逃前两天。B教授告诉E女士我们的来意，她无所见、无所闻，我捧出那只金属盒，E女士的眼睛盯着像座上"永恒的忠诚"几个字说："我相信。"

"我也相信。"B教授说。

E女士却摇摇头说："不可能。"过了一会儿，E女士又说"Ego（即自我）和S。"

F夫人听见"S"，便怒气冲冲走了进来，要把我们轰出去。

"Ego"是自我，千百年来多少科学家为寻找"Ego"体（自我意识体）绞尽脑汁，A院长揭开了"Ego"的秘密，获得了国际科学最高奖。

"S"是什么？我和B教授分头搜寻。我把思绪引向古代，他却一直奔忙于现实世界中。B教授要我了解已故的T.S城主。T.S任H城城主有40年，他发现了A院长，授予他最高荣誉，伊甸城毁灭后，他要H城人为伊甸人哀悼。人民为纪念T.S城主，给他树立了宏伟的纪念碑。

我查了T.S城主的活动日志，发现缺了9页，其中7页是A院长离开H城前的那一周，两页是E女士发病日。我又看到E女士收藏的A给她的一封信，写着："对城邦的爱高于一切，忘掉我吧，忘掉我吧。"

我糊涂了。A院长是邪恶、卑劣的代表；T.S城主是伟大、高尚的化身。我只身二下伊甸城，要向更深层次寻找。我找到了一个大金属箱，超常的兴奋。B教授却在F夫人陪伴下，在逛旧货摊。他淘到大批高级旧货：瓷瓶、陶罐、竹篮，全是当年伊甸城的出口品。

B教授把他搜集到的坛坛罐罐依年代展示给我看，第一个7年，雄伟、深沉；第二个7年，气势磅礴；第三个7年，近乎是天才与疯狂的混合体；第四个7年，荒诞、丑陋、恐怖。

我打开了那个金属箱，又是一行大字："献给T.S城主，对城邦的爱高于一切，A。"在箱内还依年代排列着伊甸人的种种"Ego"的表征物样品。深夜，我在床上思考着，勾画出另一半的梗概：一个政治天才鼓动一个科学天才，牺牲爱情与生命，只身奔赴伊甸城，以科学方式刺激伊甸青年的"Ego"体发展，导致伊甸人整体毁灭。最后，天才的政治家成了H城的上帝，而天才的科学家成了H城的犹大。

是的，天才来了又去了，这世界并未逝去，健全的Ego体不会逝去。

《科学文艺》，1988年第6期，方人改编

新　星

张　媛

　　5天以前，我驾着飞船，到天狼星的伴星S星开"宇宙开发讨论会"。我在会上提到，我们地球上人口爆炸，已没有更多的空间可以利用了。S星爱菲尔博士的祖先到过地球，他理解我的心情，支持我去宇宙寻找人类新的落脚点。

　　就这样，我又开始了在宇宙中的穿行。飞船进入了天雕星星系后，掠过几个小星球，我在屏幕前搜索。突然，一颗行星吸引了我，我放慢了速度，绕着这颗行星转了一圈，计算机已把它的各种数据算了出来：重力稍弱，质量和密度适中，半径为地球的十分之七，它也有一个"太阳"，给予它光明和温暖。它表面有大量的粉尘和岩石，粉尘里有大量的金属和非金属化合物。地表以上的大气中有少量的二氧化碳和水蒸气以及一些别的气体……

　　顿时，一个庞大的计划在我脑海中形成：改造这颗行星，增大它的质量，使它接近于地球上的生态条件，以便将来地球向这里移民。

　　回到地球，经过地球科学总部批准，我和地球与其他外星同仁，带着一批载有高能量的飞船，驶往天雕星系。一声令下，布满天空的飞船枪管齐射，巨大能量释放在这个没有一丝生命的星球上，整个星球成了火的世界。接着，一道白光像剑一样插入那沸腾的岩浆，红色的液体在白光引导下慢慢渗入地层……

　　10天后，大量熔化的金属液体已注入了球心附近，重力已接近地球重力。地表已铺上一层厚厚的泥土，粉尘中的气体已经释放出来，并且由于化合物冷却，地面上已有了大面积积水，空气成分、密度也和地球上的相差无几——我们终于造出了一颗新的"地球"，名字就叫"新星"！我抬起头来，放眼四周，"太阳"正从东方升起……

当我再次踏上这颗新星时，这里已成了一片绿色的世界。

《我们爱科学》，1988年第12期，刘音改编

可心"可乐"

程　东

我家附近的商业中心开业，我爸是中心经理，我拉同学去看热闹。在一个柜台后面，有一个年轻的女售货员服务特别热情，真是令人可心可乐。爸爸告诉我，她叫佳佳，是一个机器人。

一天傍晚，两个歹徒装作来买东西，突然，一个人用布口袋套住佳佳的脑袋，另一个人趁机撬开了收款箱的门。谁知，这一下子触发了佳佳电脑里的报警系统。歹徒见势不妙，开枪打中佳佳，然后仓皇逃走了。

我跟爸爸来看佳佳，发现子弹把她身体里的电脑打坏了。爸爸打电话到机器人制造厂，请他们派人来修理。不巧，厂里的修理工都出差了。爸爸又四处联系，结果一家私人电脑公司答应派人来给佳佳"治伤"。

半个小时后，那家公司派来的"大夫"到了商业中心。他们检查了一阵，发现大容量存储器被打坏了。第二天，换上新部件后，佳佳又"活"了。

商业中心又开业了，爸爸松了一口气。可是一个星期后，爸爸查账时，发现佳佳的账目出了差错。尤其是贵重商品的销售量和款额不符。卖出的东西多，收到的款特别少。爸爸向公安局报了案，

但是几名便衣警察对佳佳"监视"了几天，也没发现问题。

一天晚上，我望着愁眉苦脸的爸爸，提出自己的疑问："会不会是佳佳新换的电脑元件出了问题？"

我的话提醒了爸爸，爸爸悄悄找到了佳佳的"娘家"——机器人制造厂，请他们来人彻底检查。

3天后，爸爸下班回来，从提包中掏出录像带，装进了放像机。电视屏幕上出现了商业中心的录像，忽然，一个熟悉的身影走近了佳佳。啊，那不是那家私人电脑公司的"大夫"吗！只见他向佳佳要了一条纯金项链，当佳佳把项链递给他时，他对佳佳说了一串密码，佳佳不等对方交钱，就让他走了。

这时，爸爸才把详细情况告诉我，原来机器人制造厂专家来检查时，发现佳佳的收款程序被人修改了。为了抓住罪犯，专家和公安人员决定将计就计，对罪犯的"杰作"再作修改：只要有人对佳佳说出那串密码，佳佳就立即报警。

"那么，罪犯上钩了吗？"我着急地问。

"那还用问吗？"爸爸从提包里拿出一筒可心"可乐"饮料对我说，"我请客，庆贺抓住了那个'大夫'。"

《我们爱科学》，1989年第1期，刘音改编

岚岚菌苗

程 东

岚岚是一个12岁的女孩子，三个月前被发现患了可怕的血癌——白血病。病魔来势凶猛，她下床走几步路都会累得喘气。

晚上，岚岚靠在床上看电视，突然荧光屏上出现飞机残骸，女播音员说，昨晚有一架飞机在市郊失事坠毁，失事飞机是原子能研

究所的实验飞机。

接着，镜头一转，又播报了其他新闻。突然，电视节目中断，播音员严肃地说："各位观众，现在播送紧急通知：因出现非常情况，请各医院全体工作人员立即返回工作单位……"

岚岚的爸爸是医院病理室主任，妈妈是护士。他们马上收拾东西，离开了家。家里只剩下岚岚一个人，她继续在看电视。不久，播音员又插播了市政府的紧急通告："我市正蔓延着一种急性传染病，病情特点是：突发高烧、咳嗽头晕，全身淋巴肿大。为防止疾病蔓延，停止一切公共场所活动，市民们一律待在家里。"

岚岚打了个哆嗦，支撑着掀开窗帘往外看。这时天色已晚，她借着路灯的灯光，好像看到地上趴着一个人。她本能地走出了大门，来到那人跟前，一看那人竟是她的同学莉莉。紧接着，她们双双被巡逻车送进了医院。

在医院工作的岚岚妈妈，发现送来的竟是自己的女儿，而且明白女儿也传染上了急性病。她痛苦地想，女儿的白血病已到晚期，又染上了新病，真是雪上加霜啊！

原来，这种急性病是那架失事飞机引起的。飞机上装有一种"提铀杆菌"，那本是为解决核燃料铀的问题而装上去的。哪知飞机失事，细菌扩散，造成了瘟疫。

岚岚的爸爸经过多次分析和化验，发现这场瘟疫的元凶是一种结构奇特的棒状微生物，是一种新型病菌。他研制了一种HCY中草药合剂，注射到病人身上，病情都得到了有效的控制。连得了白血病的岚岚，也有了好转。一星期后，新的奇迹出现了：岚岚的白血病也大有好转。一个月后，白血病竟然全好了。

有多年临床经验的医生爸爸也迷惑不解，就到肿瘤研究所登门去求教。研究所的徐教授激动地说："岚岚的白血病能治好，还得感谢原子能所的那种'提铀杆菌'呢！是它把人体内的免疫系统叫醒，把癌细胞彻底打败了。"

岚岚爸爸抑制不住内心的激动，建议用"提铀杆菌"作菌苗，用 HCY 作减毒控制剂，制成特效抗癌药。一年以后，一种以"岚岚"命名的抗癌新药问世了，它带着一个中国女孩的深情，飞向了全世界……

《我们爱科学》，1989年第8、第9期，刘音改编

有 情 人

程嘉梓

公司招募了一批志愿者进行人体试验，女大夫黄婉如凝视着一位男子道："你是依望锡？"男子不认识她，但女大夫说，家里有他的照片。

第二天，依望锡去了黄婉如家，看到一张20年前在哈尔滨拍的照片。照片上的这个男子和现在的依望锡长得一模一样。黄婉如还说，照片上的那个依望锡在她最悲观时给了她勇气。

人体试验的日子来临了，主持试验的是薛研究员，他创造了生物粒子化远距离定向传输有序重组技术，利用电磁——生物场，把人体化为有序粒子，以极高速发射出去，在预定的另一时空里重组复原。这次试验的预定目标，就是20年后的成都。

依望锡坐在一张特制的躺椅里。操作员小赵在主控台上闲谈，薛研究员要他看好指示灯，马上要启动，小赵误以为是启动指令，按下了按钮。

依望锡有一种轻飘飘、失重的感觉。生命可以转化为粒子，粒子就是生命，好像是极高极高的速度，又好像是凝固般的静止。依

望锡在朦胧之中听到一阵阵嘈杂的声音，睁开眼睛发现自己在电影院里，电影院正在放映《红灯记》，一位姑娘说他占了她的座位。原来他被发射到20年前的哈尔滨，是小赵搞错了地方。

现在，他正在饭馆里排队买饭，遇到了在电影院要他让座的姑娘，仔细打量，他恍然大悟道："你是黄婉如，我在北京时和你认识的！"姑娘说她是叫黄婉如，但从没去过北京，也不认识他。

依望锡在哈尔滨像章厂找到一个临时工作。一天，他在江边散步，见到有一个人呆呆地站在江边，一看是黄婉如，于是把她送回家。原来黄婉如的父母是"走资派"，被关进了"牛棚"。依望锡没有经历过那个年代，只是鼓励她要勇敢地活下去。黄婉如在她简陋的小屋里招待依望锡，他把电子表留给她作纪念，她回赠了一支铱金笔。

一天，黄婉如找到依望锡的住处，告诉他，造反派要揪斗他。原来造反派偷拍了一张他俩在一起的照片，要黄婉如交代他是谁。姑娘要他快带她一起走，依望锡清楚，他不是这个时代的人，也无法带她走，她依依不舍地走了。

他赶到了那家电影院，又找到了那个座位，闭上眼，使劲地按了一下暗藏的按钮。

当依望锡睁开眼时，看到自己回到了北京的试验室。操作员小赵向依望锡解释，是自己按错了按钮，薛研究员调整了返程程序，等了两天两夜，才等到他回来。

当依望锡再见到黄婉如时，格外亲切。他将试验中遇到的情景一五一十地说了一遍，黄婉如简直不敢相信他所说的，那都是她20年前亲身经历过的，他俩沉浸在各自的回忆中。现在，他俩有一个共同追求：抓住机遇，不走回头路。

《奇谈》，1989年第6期，方人改编

编一段最美的梦

迟 方

"你做过太空城的梦吗？"鲁大发问同桌的同学。

"当然做过。不过，我奶奶每晚只肯让我做30分钟的梦。"那同学答道。

孩子们在自习课上谈到了做梦，想必你也能理解。因为做梦机虽然问世不到1年，但是普及率已达到87%。

人一生有三分之一的时间在睡觉，有人觉得实在太可惜，于是便开发出一种做梦机。买上一台做梦机，便可预订晚上要做的梦，可以利用睡觉时间来学习、参观、旅行、探险和助人为乐、报仇解恨、发大财……实在过瘾。

坐在窗子旁的宇生，这会儿敲着计算机终端的键盘，没有参加同学们的谈论。宇生是世界上第一个在太空城出生的孩子，从小跟机器人和计算机打交道，使他成了一名计算机小专家。他父母从太空城调往火星工作之后，宇航局决定送他到地球学校来借读。

鲁大发见宇生在忙着，便过来问他在忙什么？宇生说："我在帮梦乡公司编制一套梦境软件生成系统。"

鲁大发问："什么是梦境软件生成系统？"

宇生说："原来用做梦机只能做预先编好的梦。如果有了这套系统，用户就可以很方便地编制、剪裁、修改出自己需要的梦境。"

鲁大发高兴地说："那太好啦！自己可以编梦，真带劲。"

鲁大发对宇生说："你先教我一点吧，我不会向外乱说的。"

宇生说："好吧。我向你的账号里拷贝一个比较简单的做梦机生成程序。你先试试看。"

离放学还有一刻钟，用这点时间编一段短梦，然后通过通讯网送入自己家的"长城机"，晚上便可以做梦了。鲁大发心里盘算着：做个什么梦呢？鲁大发的爸爸经营着一家泡泡糖商店，他对泡泡糖情有独钟。那就来个"梦游泡泡糖王国"吧。大发用键盘打出："品名：泡泡糖；数量：10万包；时间：1991年4月30日18：00。"

放学后，大发匆匆回家，吃完晚饭后往床上一躺，等待着美梦的来临，墙上的电子钟敲了六下，梦境没来，门外却响起了汽车喇叭声。大发开门一看，外面停着四辆装满泡泡糖的汽车，一问，说是给鲁大发先生送来的。大发给弄懵了：我编的是做梦的程序，怎么成真事了？他马上冲进房间，用"长城机"和宇生家的计算机接通后，向宇生请教。宇生一查，原来是大发错误地进入了软件路径，接通了商业网。

大发着急了，问："现在我怎么办？我爸爸的店里一下子也卖不了这么多泡泡糖！"

宇生说："不要着急。我现在接通国际商业专家系统软件，看看哪里要泡泡糖。"宇生麻利地敲着键盘。查到巴基斯坦KEN商行需要10万包泡泡糖。

宇生又接通食品进出口公司的联网计算机，敲定了合同。

大发总算松了口气。不多久，就有机器人来把四辆装满泡泡糖的汽车开走了。

《少年科学》，1989年第8、第9期，庄秀福改编

琼岛仙踪

迟 方

我当了3年《蓬莱之星》报记者，从来也没有在冬天见过这么多游客。原来这都是"魔幻之光"旅行社招来的，他们保证在寒冷的1月份，让游客在蓬莱亲眼看见海市蜃楼的奇观。

我从来没有在冬天里见过蓬莱出现海市蜃楼，于是找到了这个旅行社，想探个究竟。一位导游小姐笑着说："10天之内一定会出现'海市'，这是我们测出来的，就像气象预报一样，有什么奇怪的。"

这时已经有不少游客往蓬莱阁走去，八成都是去看"海市"的，我也想去碰碰运气。来到蓬莱阁，发现了一个老熟人——长岛旅行社的杨姗姗。我以为她也是带游客来看"海市"的，哪知她说是经理叫她来刺探军情的。她在这里已经有9天了，今天是"魔幻之光"旅行社许诺出现"海市"的最后一天。

午后，月崖山下一阵骚乱，我拉着杨姗姗往山上跑，只见海上庙岛上空呈现出一片片五彩祥云。到了山顶，见祥云中显现出了人形，仔细一看，似是八仙中的铁拐李形象。人们迸发出一片赞叹声，我举起相机，一次次按下快门。

铁拐李渐渐隐去后，"海市"结束了。杨姗姗从提包中拿出一份稿子交给我，对我说："这'海市'全是假的！"

接着，杨姗姗对我说出了她探听到的情况。原来，这"海市"是用激光全息投影术制造出来的。在蓬莱有史以来出现的"海市"景象中，根本不可能看到铁拐李的形象，而是青岛或大连的琼楼景色。

我拿着杨姗姗的稿子，觉得这确实是一个爆炸性新闻，决定将其尽快见报。

《我们爱科学》，1989年第11、第12期，刘音改编

传递在今夜

达世新

小饭馆里没有一个客人，米拉望着窗外，高速公路上趴着望不到头的汽车。"唉，世界怎么到了这一步！能源真的都用完了吗？"米拉正想着，饭馆里来了一位客人，手提一只沉重的黑皮箱，他的穿戴和箱子都是很老式的。客人说："随便来点吃的，只是要快。"没多久，小米拉就端来了吃的，客人一边吃一边看电视。这时，电视里正播着新闻："……今天下午各国首脑汇集于纽约联合国总部大厦，就是否通过广泛使用核能的决议展开辩论，并在今晚8点进行投票表决……"

听到这里，客人掏出一枚金币放在桌上，提起皮箱就往外走。米拉把他送到门口，遇到一个警察。警察说："先生，这汽车是您的吧？政府最近发出紧急通告，任何私人和单位的汽油必须卖给国家，以备应急之用。难道您不知道？"那客人说："我这辆汽车烧的不是汽油，而是人们平时吃的糖。"警察一检查，果然是糖。

那客人上车要走，警察把他拦住了，说："先生，我想请您留下住一夜，把您用糖带动机械的技术传授给这儿的人。"客人说："我不能留下，因为我要把一整套摆脱目前能源危机的办法传授给世界上所有的人，资料都在这箱子里，我要马上去联合国总部。"他说完，刚一上车，人就倒下了。警察和小米拉把客人扶进饭馆里米拉的床上躺下，警察因为有事离去了。

这时，米拉想起了客人刚才的话，是啊，得帮他完成那使命。他看了一下钟，离各国首脑投票只有1个小时了，于是他把皮箱搬到屋内，坐在终端机前，按下接联合国总部的指令，但一直接不通。米拉只得改换途径，迅速接通了世界上一些大通讯社、电视台的电脑接收终端，把这里发生的事述说了一遍，然后把皮箱里的资料全放进了终端机输入口。

米拉看着荧屏上显示的一行行文字、图表，了解了大致的意思。资料的主人提供的办法是，主要依靠再生能源（像生物能、风能等）代替一次性能源（如煤、石油等）。利用再生能源的途径是巧妙多样的，比如这辆"糖车"，它是利用微生物分解糖所产生的化学能来驱动的。

资料传输完毕，米拉打开了收音机、电视机。不一会儿，在好几个波段里开始播出关于新能源的报道。米拉兴奋极了，他去看那位客人，客人微笑地看着他，显然他明白了眼前的情况。可是，他的脑袋马上又低垂了下去。

此时，门外进来一个人，叫着"杰克逊教授！杰克逊教授！"米拉一看，来人正是刚才那个警察。可是他怎么叫客人为教授呢？

"嘟！"终端机响起了联络鸣叫。米拉按下键钮，荧屏上出现了联合国秘书长的面容："你就是发出重要新闻的孩子吧？我和各国元首感谢你。现在我想见见资料的主人。"

那位警察走近荧屏，说："秘书长先生，警察少尉哈森向您报告，您要找的那位神秘人物，不幸刚刚去世。我查明，他不是我们时代的人，而是从20世纪休眠到今天的。刚才我找到他休眠的山洞，从留下的资料看，他是耶鲁大学的杰克逊教授。当时，他和一些国内外学者组成了一个广泛开发再生能源的研究小组，但他们的研究成果不为当时的政府和世人理解，还遭到讥讽。于是，他们决定推派最棒的杰克逊教授，通过休眠的办法把研究成果奉献给21世纪，而控制休眠醒来的信号是无线电波中关于煤田、油田已开采完的报道。由于当时休眠技术不高，他醒来时已衰弱不堪，不久就离开了人间。他完成了跨世纪传递的壮举……"

事情竟是这样的。米拉的心潮翻涌：为什么要有这样的壮举呢？没有这样的壮举不是更好吗？他一下子想到了人们在地球上干的好些不可思议的事情。

《红蕾》，1989年第5、第6期，庄秀福改编

儿子·父亲·摄像机

达世新

保卫科长何然刚爬进直升机的舱门，飞机就离开地面，朝大海湾飞去。两分钟前，一架新型战斗机在海湾上空试飞时险些坠毁。它从1800米高度一直下跌到500米。据飞行员报告，他的飞机像被一只巨手抓着往下拉，但这只"手"突然又消失了。真是怪了！

直升机贴着海滩低空飞行。何然透过舷窗发现，椰林边上有个身材结实的小男孩在奔跑，孩子手里有个摄像机似的东西。直升机继续搜索，但无任何异常情况。

凭着飞机上拍的照片，何然很快弄清了那个男孩叫林小雷，是新海市第三小学五年级学生。班主任夏老师告诉何然，小雷是个成绩不错的学生。两个和小雷最要好的同学说："小雷的爸爸可能有点儿问题。平时，他只关心小雷的成绩单，其余的都不管。他一回家就把自己关在小屋里。常上他家的还有一高一矮两个男人，也是一去就钻进小屋……"

这天上午，何然装扮成电工，在公安局协助下给二楼林家前后的电线杆上安装了遥控电视机和定向监听器。这会儿，他正在小雷家马路对面的一辆面包车里，紧盯着眼前的荧光屏。小雷的爸爸叫林路，今年43岁，在新海大学物理系当教师。路灯亮了许久，林路终于出现了。小雷跑出来给爸爸开门。他似乎很留意地看着爸爸把手里的小皮箱锁进了小屋。

　　半夜12点，监听器里传来钥匙开门的声音。神秘小屋的塑料百叶窗帘打开了，可以看见林路的脸和窗口上的"摄像机"，小屋里的灯亮了3下。何然连忙向远处望去，对面的大山上也亮了3下。他赶紧按下控制按钮，另一个荧光屏上现出了大山的黑影。

　　这边，林路把眼睛凑在"摄像机"后边，双手不停地摆弄着。对面山上出现了两个小黑点儿，它们渐渐变大，缓缓飞过大江，平稳地落在江岸上。真是奇迹！何然看清了，两个黑点变成一高一矮两个人，他们分别跨上自行车骑走了。林路把"镜头"对准海湾，手指动了一下：鱼出水了！它们排成一条银线，"飞"进了林家窗口。百叶窗帘关上了，一切又归于平静。

小雷出现在荧光屏上。他从楼前的大杨树攀上窗台，从百叶窗帘下钻进了小屋。

他们在干什么呢？清晨林路拎着皮箱沿街走去。他没有发现跟在身后五六米远的小雷，小雷也没发现跟在后边的何然。林路和两个男人会合了，他们走进了国家专利局。

林路兴奋地向专利局负责人介绍着："自从爱因斯坦预言存在引力波后，制造人工引力波就成了许多科技人员梦寐以求的愿望。我们3个大学同学用了20年的业余时间，终于发明了这种引力发射器，请看……"小皮箱被打开了，然而里面却躺着一块红砖头。

这是怎么回事呢？"爸爸，我把它藏起来了。"小雷不知从哪儿钻了出来，涨红了脸说。林路气蒙了，一把揪住儿子。何然拉住了他，"好奇心使小雷发现了你的秘密。那天，他把发射器带出去玩儿，险些闯下大祸，几乎拉下一架飞机。他怀疑你在做坏事，所以……"何然边说边亮出了自己的工作证。小雷跑了，去找发射器。林路追了出来，他不仅是去寻找发射器，更是要去找回父亲对儿子的爱——那不也是一种"引力波"吗？

《少年科学画报》，1989年第9期，肖明改编

机 器 蝉

冯献成

靳海的家在舰队基地司令部的大院里。一天，他经过办公大楼时，无意中发现二楼会议室窗子上趴着一只知了，他熟练地用带胶的竹竿把它粘了下来。

回到家，心爱的小花猫迎了过来。靳海掏出知了，准备让猫美餐一顿。哪知，猫闻了闻，竟不吃。奇怪？平时花猫一口气至少能

吃5只知了，今天怎么啦？

靳海把知了放到书桌上，奇怪的事又发生了：原来指南的指南针变向了，总是指向知了。靳海想：难道自然界会有带磁性的知了？不，也许它是敌人发出的微型窃听器啊。他本想立即把知了交给爸爸，爸爸是基地里101驱逐舰的舰长。可是，爸爸出航了。于是，他把知了交给了物理老师方云姣。

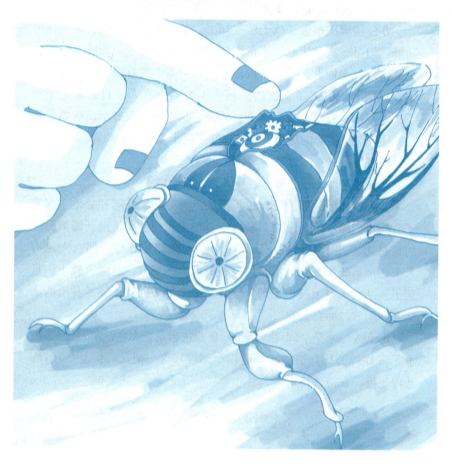

　　方老师的爱人王鸿智是基地司令部情报处处长。他拆开知了，发现果真是一只微型窃听器，打开里面的发报机，听到了一个微弱的声音："赴南沙演习舰队8月21日返航，101舰停泊于南江湾2号码头……"

　　一切都明白了，敌人想破坏我舰队。王处长将知了按原样装好，放回办公楼原处，准备捉拿来取知了的间谍。

　　办公楼周围布置了战士监视知了，监视了两天一夜，未见任何动静。但是，次日凌晨，天色微明，知了却不见了。而晚上11时，它又出现在老地方。王处长取出它的窃听器，发现窃听的内容全变了，说明有人取走了上次的情报。不过不是有人亲自来取走了知了，而是知了自己会飞来飞去：原来它是一只遥控蝉形窃听器。为了抓住控制机器蝉的坏蛋，处长在知了身上喷了一种药雾。

　　靳海问处长："你喷的是什么东西？"

　　处长风趣地说："你牵住警犬黑虎就明白了。"

　　靳海将知了放回原处，过了不久，突然知了扑哧扑哧地飞起来了。战士们跑着追了上去。靳海牵着黑虎也向前跑。追到海滨公园的树林边，知了不见了，只见一个女人在那儿练舞。那女人见有人来，准备骑车离开。可是黑虎追着那女人不放。这时，战士们赶到了，从女人身上搜出了那只怪蝉。原来黑虎闻到了知了身上的药味，才不放过那女人哩。

　　那女人原来是个间谍，她受命窃听情报后，在南江湾2号码头放下了带炸药的玩具快艇。基地司令部得知这一情况后，急令101舰暂停进港，在湾外待命。

《我们爱科学》，1989年第1、第2期，刘音改编

沈立山B

冯中平

沈立山教授是个举止古怪的人，关于他的笑话还不少呢。

就说出席一次招待会吧！起初，他认真听主持人讲话，彬彬有礼向大家祝酒。可一坐下来后，他只顾埋头吃菜、喝酒，对周围的一切不闻不问。等大家离席时，他还在不停地吃喝。

在市里的一次座谈会上，市长在讲话中称赞沈立山教授的工作是第一流的，感谢他为国家、为本市增了光。市长走到他面前，向他祝贺。谁知，沈教授却伸出食指，放在嘴边"嘘"了一声，示意对方不要讲话，弄得市长十分尴尬。

不过，沈立山教授在工作上是一点儿也不含糊的。最近，他的"冷冻人体复苏"实验取得成功，并获得沃尔兹国际生理学奖。这是一项可与诺贝尔奖媲美的科学奖。这下，把沈教授忙坏了，开不完的会、握不完的手、签不完的名……

不久，发生了一件不幸的事。在市科技成果展览会开幕式的那天，沈教授应邀为大会剪彩。可是过了开会时间好久，还不见沈教授的人影。大家正在焦急之时，展览会秘书处接到一个电话，一个黑社会组织声称，是他们绑架了沈教授，目的是那笔数目巨大的沃尔兹奖金。如在指定时间内得不到钱，教授的安全将无从保证。

经过紧张的研究，并呈上级批准后，报上登出了"为了保护著名科学家，接受绑架者条件"的决定。在实施交换的前一天，市里接到沈立山教授的电话："不能接受绑架者的条件。事实上，我并未遭到绑架，而是安全地在进行实验。长期以来，过多的会议、采访，占用了我大量的时间。为了摆脱这些，我就装配了一个模样和我一样的机器人，取名为沈立山B。被绑架的正是这个机器人。"

　　为证实这一切，公安人员和记者赶到沈教授的寓所，这次他们见到的是真正的沈立山教授。记者问："那么，以前在招待会上和座谈会上的举动，都是沈立山B的杰作了？"

　　沈教授答："是的。在那些场合，都是由它代劳的。"

　　记者又问："那为什么沈立山B有时表现很得体，有时会失常态呢？"

　　沈教授答："这是一个遥控机器人。当它接受我指挥时，它能照我的意愿行动，但我不直接指挥它时，它就只能按预先设计的简单程序行动，难免会闹出笑话来。"

记者最后问："沈立山B现在的情况如何？"

沈教授说："我想它不愿和绑架者在一起，就让它自我销毁好了。世界上本来就没有永恒存在的东西。"

《少年科学》，1989年第12期，庄秀福改编

遥远的星空

姜云生

在发射场休息大厅，我看见"矮瓜"和他的胖夫人在接吻。

我从宇航院毕业后，总是跑短途，从地球到月球。本来现代人号运货去金星，名单上没有我，但宋江病了，再加上高额工资吸引了我。

佩珍，我们的关系完了？按照新法律，分居500天以上，男女双方可委托律师解除婚姻，我去火星来回就要540天。

现代人号称得上是现代怪物，外形壮观，液氢燃料足够在太空遨游两年。"矮瓜"开始和我聊天。我的爱妻佩珍是个歌迷，自从认识了那个小阿飞，我们和谐幸福的生活被打乱了，我觉得佩珍心头刻着小阿飞歌手的影子。

聊了一阵后，"矮瓜"埋头工作起来。我望着舷窗外的星光，陷入沉思。上个世纪70年代，苏联宇航员首先发现了太空效应：宇航员在特定的宇宙时区中飞行，会产生一系列身临其境般的幻觉；人的潜意识会在太空幻觉中看到，甚至几十年前埋在记忆深处的往事，也会一幕幕演给自己看。我看到了少年时代的恶作剧，看到了初恋时的情景，看到了"一丝不挂"的自我。半小时后，太空效应消失了，可是重现的一幕幕往事，却铭刻在心头。佩珍，我有资格指责她吗？

飞船停靠顺利，卸货、换箱正常。使我吃惊的是出来验收、换箱的竟是宋江。我终于醒悟了，原来"矮瓜"和宋江设计，让我在太空幻觉中见到赤裸裸的自我，使我在片刻间从心底喊出："爱你，佩珍！"

但是，去火星的航行总不能半途而废，宋江却冒出来自告奋勇说顶替我。我乘着一艘小交通艇返回地球。我给佩珍发了明码信号，不到1小时，佩珍来了回电——你才是我生命的太阳！

《奇谈》，1989年第4期，方人改编

驯风计划

李其舜

"第16号台风正以每小时10千米的速度向黄海市靠近。"安玉璞听了这个预报，心中有些振奋，因为这次台风给了他试验驯风计划的良机。

为了实施驯风计划，他到处想方设法，贷到了5000万元试验经费。之后又忙于购硬件、选飞机、编程序等准备工作，两个月前总算准备停当。现在机会终于来了。

此时安玉璞不由得陷入了沉思。5年前，也就是2020年7月30日，他作攻读博士学位的论文答辩。在严密论证之后，他最后说："综上所述可以肯定，用气象卫星获得精确的海流及气流变化资料，在适当位置布置游动式消风棚型风力电站，把电力转换成微波，供在空中值勤的无人驾驶牵风飞机作动力及牵风能源，由电脑根据规定程序进行指挥。这样，实现驯风计划，化害为利是完全可能的。"

但是学位评审委员会对安玉璞的论文意见分歧很大。有人认为它是"优秀论文，大胆的方案"，有人认为它是"无法实现的空想。"结果安玉璞没能取得博士学位。为了驯风计划，后来他来到了黄海市气象研究所。

正在这时，红色的警灯亮了。安玉璞打开通讯机，助手对他说："宇宙计算中心复核报告说，驯风计划设计有严重错误，不能实施。"安玉璞听后不禁一怔，说："我马上回研究所。"

安玉璞赶回所里，助手递上了计算报告书。两人对原始资料反复验算，认为设计没有任何问题。后来计算中心又一次核算，查出是操作中心出了差错。最后结论是：设计合理，可以实施。安玉璞十分高兴。

忽然，所长来电话，让安玉璞马上到他那里去。到了所长室，所长说："据了解，有几个公司对驯风技术垂涎三尺。为了确保技术不被窃取，维护专利权，要用几天做好保密安排，然后才能试验驯风计划。"

安玉璞急忙申辩说："这样一来，16号台风的良机就要错过了。谁获专利和受奖，那是小事情。"

所长说："我们5000万元投资总得收回啊！这不是小事吧？"

安玉璞说："如果立即开始试验，我放弃本人那部分专利，如果因失密而影响了所里的利益，我愿赔偿5000万元。"

所长问："你拿什么来赔偿？拿什么做担保？"

安玉璞一时语塞。

过了一会儿，他突然想起5年前支持他的高达教授。安玉璞立刻打电话给他，高教授正好刚刚收到他第102号发明的6000万元专利费，他愿意为安玉璞做担保人。

所长见此情况，同意立即进行驯风试验。安玉璞自信地走出了所长室。

《少年科学》，1989年第4期，庄秀福改编

未婚妻的馈赠

李其舜

星期六中午，我刚和未婚妻梅娜会面，突然接到一个要我"立即前往港口，接受紧急任务"的恼人电话。

我奔向港口，顶头上司海洋信息站站长命令我："第181号中心信息仪发生故障，命令你前去检修。现在是下午1点，一定要在3点之前修复。"

登上工具艇，刚要发动，忽然有人高叫："别走。"原来是梅娜。她从提兜中取出一件纱衫，帮我穿上，又亲自把脖子下边的特大装饰扣扣好，并叮嘱："在任何情况下也不准脱下来。"

2时5分我顺利到达目的地。经过一番检查，原来是一只电阻短路了。

仪器恢复了工作，我高兴地返回工具艇，以最高的速度返航，进入了小百慕大三角海域。来时的顺利闯关使我丧失了警惕，心想：没问题。继续高速行驶。

忽然，前方出现了一根硕大的龙卷风水柱，工具艇像头野牛钻进了水柱，我被抛上天空，又落在水面。当我清醒过来时，四周是平静的大海。

我尽量使自己仰浮在水面上，任凭海浪翻动。意外的是，纱衫遇水后竟膨胀起来，我明白了，纱衫是一件救生衣。

我感到口渴。突然，从纱衫上露出了一根塑料管，膨胀后竟伸到我的嘴边，我咬住了管子，里面竟是甘甜的淡水……

我筋疲力尽，肚子也饿了。片刻，塑料管又伸到我嘴边，没想到这次吮吸出来的竟是半流质食物，带着米饭、香肠、水饺、烤鸭等的香味。

　　我朝着自己认定的方向游去，四周仍是无边无际的海水。突然一架直升机朝我飞来。

　　当我抓住扶手爬上飞机时，在机舱门口帮我上机的竟是梅娜。

　　飞机升高返航。我回想着获救的经过。

　　"你利用了特种透性膜过滤海水变成淡水？""你利用纽扣式电台发出了警报信号？""可能纽扣里还有一台监测仪，是它确定了供给饮水和食物的时间？"梅娜一边微笑，一边点头。

　　"食物是怎样制造出来的？"梅娜让我仔细审视纱衫的颜色。我见纱衫黑中略显绿色……

梅娜激动地对我说："我把这种由记忆泡沫塑料、人造叶绿体等组成的复合材料，叫作'海神光合反应堆'。"

《科普创作》，1989年第5期，李正兴改编

我和"多不像"

李其舜

动物园里有种动物叫"四不像"，我们学校有个"多不像"。它有个四方大脑袋、兔子耳、猿胳膊、鹿腿。你会问：这是哪儿来的怪物？不，它是个机器人，大名叫"仿生多能机"。

"多不像"专管学校的卫生和安全，是个铁面无私的家伙。

前几天，我和刘欣闹着玩，推了他一把，挨了"多不像"的一顿批评。我决定报复它一下，偷偷在操场上吐了一口痰。我想，操场弄脏了，校长一定会批评它监督不严。谁知我刚离开操场，"多不像"就跟过来了。"王小淘，你吐痰了吧？"它指了指身后。

"没有。"我想狡辩。它从兜里掏出一张纸条递给我，我一看傻眼了，上面印着："化验人味编号为123x456y789z，查阅档案，吐痰人系王小淘。"原来"多不像"把全校同学的唾液成分都编上了号，一分析，马上对号入座，找到了我。

第二天练唱歌，"多不像"领唱。我想起昨天的事就来气，决定跟它捣乱。人家唱："小葵花，向阳开。"我就唱："多不像，是坏蛋。"唱完歌，同学们都解散了。"多不像"叫住了我："你骂人。"我想抵赖，它又递过来一张纸条，上面印着："据声纹档案、口型观察和筛声录音，证明系王小淘讲不文明语言。"我又傻眼了。

星期六，学校组织我们去爬山。我第一个爬到山顶，冲着随后

跟上来的李辉大喊："来，留个影。"我双手插着腰，站在高高的石头上，摆好了姿势。谁知，就在他按快门的一瞬间，我发觉得脚下的石头松动了，身子不自主地向后仰。就在这千钧一发之际，我的领子被什么东西勾住了，没有掉下山崖去。原来"多不像"用遥观透视眼看到那块石头已经风化，下面有一道裂缝，赶紧伸出长臂猿似的手臂，一下子抓住了我。

我看了看"多不像"，想起那些恶作剧，脸羞红了。我结结巴巴地说："谢谢你。'多不像'。噢，不，仿生多能机。"

《我们爱科学》，1989年第7期，刘音改编

浩　瀚

刘继安

李特和柯克是一对亲密的朋友。李特是位宇宙派画家，他用强激光在广漠的太空中作画，使往返于各行星村的旅行者能沿途看到一幅幅绮丽、壮观的作品。但这些作品的产生离不开空间技术专家柯克的帮助。

刚才，柯克谈了一出历史剧的构想。李特称赞道："不错，绝妙的构思，如果拿到火星村、地球村演出，肯定会引起轰动。不过，我发现剧中有一个致命的弱点：一个史前的原始穴居人梦见了45万年后的事情。这怎么可能呢？"

柯克古怪地笑了起来，说："你还在用陈旧的三维空间看待一切。可我们现在已处于一个崭新的时空系统中，那就是四维空间。"

李特问："这怎么可能？你用什么来证明这一点？"

柯克离开座位，顺手拿起一只钛钢玻璃杯，毫不费力地把它由

内向外翻了个面，仿佛杯子是胶皮做的。然后，柯克侧转了一下身子，他的全身体貌一下子成了负像，如同照镜子一样，左成了右，右成了左。柯克说："看见了吧，如果在平常的三维空间系统里，能办到吗？"

李特叫道："这是怎么回事？"

柯克说："我发现，我们现在居住的这个空间站的全部操纵设备已失灵，空间站根本没在火星与地球之间的原来位置，而是以接近光速的速度，飞到了太阳系的边缘。这是因为来自太阳系之外的一种完全陌生的强力作用的结果。现在，许多奇妙的事情发生了，我甚至看见了自己的童年。至此，我才恍然大悟，我们已真正处在能回到过去的四维空间系统之中。"

李特兴奋地跳了起来，说："柯克，让我们马上回到过去，比如回到公元1940年，去把希特勒杀掉。"

柯克哈哈大笑："那根本办不到。我们虽然能在时间上回到过去的时代，但却不能在空间干预过去的任何事情。因为空间不同，一个是三维空间，一个是四维空间。"

李特问："我们能进入未来吗？"

柯克两眼闪闪发光，激动地瞪着朋友，问："你想试一试吗？你瞧那个绿色的方向舵，"他用手指向太空站的控制台，"我们现处在太阳系的边缘，只要使太空站飞行的方向与那强力的方向一致，我们就能飞出太阳系，进入更高级的时空系统——也许是五维，或者六维。在那里，我们一定能看到未来。"

李特把手伸向了那个绿色的方向舵。在那个未知的极强引力场作用下，柯克和李特以光速飞行了3.2万多年。就在他们离银河系中心还有1000光年的地方，巨大的引力突然消失了。他们做梦也没想到，此时他们已成为比他们更高级的宇宙人的观察对象。宇宙人发现了他们的太空站，一个宇宙人说："瞧，这小黑点，如果那真是某些生命的话，小得太可怜了。"

另一人说："是的，相对我们来说，是太小太小了。可是，你是否设想过，在另一个更大、更为浩瀚的时空系统中，我们及我们的世界，也许同样地在被某种不可思议的宇宙生命当作他们的微观世界来解剖、分析呢！"

"啊，的确难以想象！"

"也许唯一的途径在于，我们只需要记住那句简单得不能再简单的话：宇宙无穷大！"

是的，宇宙无穷大。只有真正理解了这个永恒的客观事实，才能理解一切，大至整个宇宙，小至微不足道的日常生活琐事。

《少年科学》，1989年第2、第3期，庄秀福改编

未卜先知

刘继安

沈承祖、辛迪威和唐元清20世纪50年代一同毕业于清华大学无线电系，先是天各一方，后在"科学城"相聚。沈承祖当了市长，唐元清当总工程师，辛迪威在光机所当研究员。

三位老同学很少往来，然而沈承祖仍爽快地批给了光机所巨额科研经费。1年后，辛迪威的科研项目大功告成，沈承祖登门道贺，辛迪威给他看了最新成果：用光子电脑预测未来，还给他看了一盘磁带。沈承祖从录像上看到明晚他将从桥上坠下，辛迪威说这是光子电脑推测的逻辑结论，沈承祖不信，说这是巫术。

那天，老同学唐元清来找沈承祖。唐元清说，他能捕捉到人体周围产生的生物电磁场在空间留下的痕迹，并能将过去再现。唐元清说，沈承祖从那笔彩电交易中收受了好处，来挽救他。

　　沈承祖涨红了脸，要唐元清给他看证据。唐元清给他展现了过去：沈承祖和那个姓陶的小伙子在密谈一笔彩电交易，画面使沈承祖的精神防线崩溃。唐元清说，他不会出卖老同学，但危险来自另一人！

　　第二天，沈承祖坐立不安。辛迪威的坠桥预言是在天黑以后，离下班还有半小时，他就准备提前回家。秘书叫住他，说晚上有外宾，他借故推辞，正要坐小车回家，那个小陶叫住了他。沈承祖知道那笔彩电交易事关紧要，便在办公室密谈。到傍晚时，司机才送沈承祖回家。车子照例在公路旁停下，沈承祖走上桥，猛然想起坠桥预言，但此刻人已从桥上掉下去了。

　　沈承祖掉在一张尼龙网上。原来这是电视台一剧组精心安排的主人公跳水自杀的镜头，替身演员要价高，才设下这个荒唐的陷阱。回家后，唐元清正在等沈承祖，说辛迪威正在实施一个可怕的计划。原来，唐元清与辛迪威都对空间问题发生了兴趣，唐元清着眼过去，辛迪威探索未来。经过长期努力，他们发现这两种空间都存在，都可形象地展现出来。辛迪威准备用技术手段控制人的思维和行动，唐元清要沈承祖与他携手对付共同的危险。

　　沈承祖在新闻发布会上，宣布了辛迪威的重大发明——展现未来技术。记者们要证据，沈承祖便赶到光机所，唐元清已先到达，在与辛迪威侃侃而谈。辛迪威让两位老同学看了未来，5000万年后的人类，在空中自由飞翔，嘴已退化成长长的管状。沈承祖看后心有余悸地说："太可怕啦！"沈承祖要辛迪威去公布自己的发现。辛迪威还拿出一盘磁带，那是5个月后沈承祖在法庭受审的场面，沈承祖看后失魂落魄。

　　唐元清、沈承祖两人已被记者们围住了，唐元清把那盘磁带交给了记者，便带沈承祖到了一间地下室，进行重返过去的试验，用高能电子、质子束穿透人体细胞，把人压入过去空间，重返过去。

沈承祖别无选择，只得进行试验。一声巨响，沈承祖感到身躯坠向无底深渊，失去了知觉。

沈承祖醒来时，发现辛迪威在身旁，唐元清此时也醒了过来，垂头丧气。原来，辛迪威用仪器发现唐元清的设计有错误，赶过来，救了沈承祖他们。唐元清恼羞成怒，按动自毁装置，但爆炸并未发生，辛迪威的助手预先发现唐元清的企图，拆下了自毁装置。

新闻发布会上，辛迪威没有提到自己的发明，却赞扬唐元清重现过去的技术，并说预测未来是件可怕的事情，因此放弃了努力。沈承祖无地自容，辞去了市长职务，要到基层从头做起。唐元清住进了医院，他患了严重的精神疾病。

《奇谈》，1989年第5期，方人改编

神秘的外套

刘兴诗

放学后，汪智没精打采地骑着车回家。刚才球没有踢好，他们初一（4）班失去了拿奖杯的机会。他边想边骑车，一不小心撞着路边一块大石头，从车上摔了下来。一位过路的老人把他拉了起来，问明了原因，呵呵笑道："这好办，我送你一件外套，披上它再回去赛球，把奖杯夺回来。"

老人告诉汪智，这是科学院时间研究所新发明的时间飞行衣。千百年来，时间总是带着人们笔直往前发展，从不后退半步。人是时间的俘虏。聪明人开始思考，难道人们不能把握自己的命运，在时间洪流中自由旅行？有时过得快些，有时过得慢些，可以随意跳过烦恼；也能让时间倒流，修改生活的遗憾，把世界安排得更好。经过一代又一代科学家的努力，人类终于破译了时间流动的秘密，设计出了这种可以在时间洪流中超高速自由旅行的飞行衣。这是一件长袍，可以把人连头带脚遮住，拉上拉链，就和外界完全隔绝。外套的纽扣上有一个时间键盘，连着下方的两台微型发动机，只要拨动键盘，就能启动，把人精确无误地送往过去和未来的任何时间里。

汪智兴奋地接过飞行衣，兴冲冲骑着自行车去找同学们，想对他们露一手。忽然看见一群学生闹嚷嚷地走过来，一个学生气愤地说："哼，如果我在风波亭，非崩了秦桧，救出岳飞不可！"原来他们看了《说岳全传》，心里气不过，正在议论呢！

　　汪智也恨透了奸臣秦桧，十分佩服岳元帅。他心想："赛球事小，我何不先救了岳飞再说。"他穿上长袍，按动时间键盘，一下子到达了800多年前的风波亭。经过一番苦战，汪智勒死了秦桧及其老婆，救出了岳飞等人，并配合岳飞杀死了金兀术，打败了金兵。汪智在归途中正遇上甲午海战，他协助邓世昌，把日本军舰打沉海底，赢得了甲午海战的胜利。

　　这时，汪智想起了足球比赛，他告别了邓世昌，飞回到1989年。他回到教室时，同学们刚上完历史课，正谈论着课本里的新闻。

　　一个同学说："太棒了！有人杀死了秦桧，救了岳飞，还杀了金兀术。"另一个同学说："新建的北洋舰队大显威风，甲午海战打败了日本鬼子。"

　　汪智神秘地笑了，说："这都是我干的。我们还可和初一（1）班重新比赛一次足球，把奖杯夺回来。"

　　同学们谁也不相信他的话，汪智觉得受了委屈，决心要创造一个奇迹给大家看看。他和同学们说定了，下午放学后，大家到足球场去，他把时间拨回去，给大家开开眼界。

　　不料，在去足球场的途中，汪智撞到了一个失明的老太太。老太太说从前她有三个儿子。一次他们出海遇上风暴，都没有回来，她把眼睛哭瞎了。老太太叹道："如果那天不让儿子们出海就好了。可是时间不能倒流啊！"

　　面对可怜的老太太，汪智一下子忘了足球，他取出飞行衣，披在老太太身上，拨了键盘，老太太呼地一下不见了，只有一根拐杖留在她的脚边。

《少年科学》，1989年第6、第7期，庄秀福改编

魔　碟

钱欣葆

　　一辆轿车在银行门口停了下来，从车里跳下一高一矮两个戴墨镜的汉子，贼头贼脑地走进银行大门。矮个汉子拿出一个碟子模样的东西向上一抛，那东西在营业员头上乱转。说来奇怪，这个碟子在谁头上飞过，谁就马上呼呼大睡，真是魔碟。几秒钟之后，魔碟又飞回矮个子手中，人们还没弄清是怎么回事，就睡着了。两个汉子伸手把大捆大捆的钞票装在尼龙包里，拎着走出了大门，钻进轿车开走了。

　　这两人鬼鬼祟祟的行动，引起了一位少年的注意。他走进银行，只见里面的人全睡着了，钞票撒了一地。他知道出了事，急忙按下报警开关，在街上巡逻的警车马上开了过来。少年急忙报告了发现的情况。刑警队长让几个刑警留下警戒，其他刑警跳上摩托车和警车去追赶，经过围追堵截，终于把这两个罪犯生擒活捉。

　　经审讯，很快查明，魔碟是从李振中博士开的私人研究所里偷来的。李博士作为被告被带到了法庭。律师为李博士作了有力的辩护，以事实证明李博士只负有对魔碟保管不当的责任。最后，法庭判决李振中博士无罪。

　　魔碟案刚过，电视里播出一条震惊世界的新闻："E国一架客机被四个歹徒劫持，机上96名人质危在旦夕。"四个歹徒把飞机劫到D国的一个机场，提出要E国在48小时之内释放被关押在牢里的两名黑社会头子，不然就炸机和机上所有人同归于尽。

　　国际防暴机构为此召开紧急会议，但找不到一个万无一失的方案。李振中博士通过公安部向国际防暴机构提出用他的魔碟制伏劫机犯的方案。国际防暴机构经分析，确认这是唯一的万无一失的方案。他们特邀李博士去D国。待李博士到达那里，离48小时仅剩下最后半小时了。李博士握着指挥匣操纵，三只魔碟飘然而起，几秒钟后飞回到李博士身边。李博士对刑警们说："快去吧。"刑警们一齐冲上去，把四个睡得像死猪一样的歹徒拖上囚车。魔碟制敌一举成功。

各国记者围住了李博士，询问魔碟的奥秘，李博士说："魔碟能发出一种超微波，对人的脑微波产生干扰，使大脑皮层处于抑制昏睡状态，半小时后即可苏醒如常。至于为什么只对暴徒起作用，对一般人不起作用，这是根据犯罪分子在作案时自身脑微波中的H波异常的特点，让魔碟'有的放矢'，专'攻'罪犯，有效制止犯罪。这是上次发生'魔碟案'以后我作的重大改进。"

世界防暴机构向李博士颁发了"世界和平奖章"。李博士载誉归国，受到了各方隆重的欢迎。

《少年科学》，1989年第1期，庄秀福改编

时 间 岛

杨 杨

公元2093年10月13日，三位中国海员乘气垫船在太平洋海面航行，准备运一批气象物资到南极的卫星城去，但船不幸被一道刺目的红光击中而损坏。他们几乎在绝望中漂流了10小时，终于看到一个小岛。

气垫船能源已经用完，他们只好用手划水。奇怪的是，小岛像有吸引力似的，船被拉着向小岛驶去。他们仔细一看，原来水下有几只机械手，紧紧抓住了船身，顺着机械手往下望，一个火球向小

岛前进，机械手正是从火球上伸出来的。

三人被救到小岛上，发现这里天上飞着的是几千万年前才有的翼龙，地上缓慢爬行的是早已灭绝的恐龙。三人都惊呆了，莫不是回到了史前时代？再往前走，发现原始植物和现代植物交错生长着。在这里，像有一只无形的大手，把时间搅得乱七八糟。后来他们又沿着一条河往前走，最后到达一座火山旁。

突然，一道火光划破长空，从火山口飞出一个火球，落到他们面前。仔细一看，原来是一个外星飞碟。飞碟里走出两个人，邀请他们登上飞碟。外星人解释说："我们是你们的朋友。我们请你们三人来，是有意安排的。我们的电脑从十几亿中国人中选中你们，是迫不得已的。因为地球上的一部分人，随着科学技术的发达，变得十分愚蠢，疯狂地进行军备竞赛，企图消灭掉整个银河系的所有生命。我们决定找你们来传达一个信息。"

飞碟落到岛上一座建筑物里，地球人惊讶地回忆着刚才的一切。

"你们是从哪儿来的呢？"地球人问。

外星人说："我们生活在R-Y星球，早在几十万年前，就有了高度的文明。当初我们为了寻找同类，在茫茫宇宙中飞行，终于发现已经出现原始人类的地球。我们为了观察人类的活动，在地球上建立了许多秘密基地，这座时间岛就是其中之一。我们在这里观察了人类几十万年，看到人类从茹毛饮血发展到今天这样先进的程度。我们担心的事终于发生了，人类向宇宙伸出了扩张的手。"

地球人简直不敢相信自己的耳朵。

"现在我们代表整个银河系的智慧生物告诉你们，几个月前，银河系高级生物联合会召开了一个销毁地球武器的会议。为此，我们决定先同地球人进行谈判。如果地球人不同意，我们就只好用武力了。"外星人看着地球人说。

地球人问："是想让我们做信使？"

"对。"外星人将一个盒子递到地球人手中，这就是那封重要的信件。

《我们爱科学》，1989年第10期，刘音改编

草木"无情"

宣昌发

深夜，H城省工艺美术品展览会玉器馆前，发生了令人惊诧万分的一幕——两名企图入内盗窃一件稀世珍宝的歹徒，一个被石阶前的夹竹桃弯下拇指般粗的枝条紧紧缠住，另一个刚掏出匕首准备上前营救却被门旁的铁树挥起粗壮的枝梢击昏……当省报记者赶赴H城采访时，市内又接连发生了绿色植物反击企图伐木的市民……一时，H城的花草树木中了魔法的消息不胫而走……

记者理清因果，循踪找到"省工业绿化研究所"米清教授，两年前为了解决因盲目发展工业造成日益严重的环境恶化问题，米教授不仅规划了H城的绿化布局，并且提供了花草种子和树苗，从而使H城又恢复了昔日的旖旎风光。当然教授听了记者的介绍也觉得不可思议，此时窗外传来因准备修剪枝叶而双手被茉莉花枝条缠住的教授夫人的惊叫声……

自古以来，人们常说草木无情，但美国巴克斯特的"黄檗叶实验"使米清教授产生了浓厚的兴趣，他进一步认识到人与自然和谐相处，应是下一个世纪的大课题。巴克斯特的实验就是将一台测定人的情绪变化的仪器与一株黄檗连接，当他脑中萌发焚烧一片黄檗叶的念头时，仪器上的曲线猛烈抖动，于是巴氏得出植物能感受人的思维的结论。教授经过多年的研究，用他发明的"太阳能辐射器"处理花草树木的种子幼苗，取得了令人瞩目的效果——番茄

可增产30%~50%，铁树一年能开两次花，通常要十余年成材的树木，只需两年即可成材……当然教授也没有想到经照射后的植物在隔了一段时间后，由于遗传基因突变，它们对动物（包括人）的生物场，也变得异乎寻常的敏感并会做出相应的反应……

记者惊异地发现，当教授走近遭困的夫人，那株茉莉花突然松开枝条与其他树木一起摇曳起舞欢迎教授……于是他灵感顿生，建议教授在边境栽上一道用辐射器处理过的林带，它们将成为一群不知疲倦的绿色卫士。

教授大笑，不禁动情地说："从远古时代起，莽莽丛林就是为万物（包括人类）生存繁衍创造条件的绿色卫士。"

草木究竟有情否？

《野人的召唤》，上海科学普及出版社，1989年8月，宣昌发改编

野人的召唤

宣昌发

大学生明哥和少年吉力，从英国姑娘古道尔孤身深入热带丛林十余年，终于破译了黑猩猩王国秘密的事迹中获得启示，在有关部门资助下，两人利用假期轻装深入秦岭，企望解开千古延续至今的野人之谜。他们在主峰太白山地区访问了曾与野人有过遭遇的猎手和村民，在传闻野人经常出没的地带苦苦寻觅了多天，仍是一无所获。

第五天傍晚，明哥意外发现太白山南侧一个小山坡上，有棵被不知名生物用前肢折断的麻栎树苗，周围还有一堆新鲜的粪便和依稀可辨的脚印。因天色渐暗，两人决定就地宿营……兴奋不已的吉力猝然发现一个高大、浑身披棕红色长毛的直立生物，从一片开阔

地走向密林，他急步跟踪，没想到踩断一根枯枝惊动了怪物，他返身狂奔……原来是一个梦，但是帐篷内除了明哥的鼾声，还有一股异常的怪味和一阵令人毛骨悚然的呼吸声……吉力偷偷睁开眼，发现一个身形佝偻的怪物正在翻弄他们的行李，紧张万分的吉力意外地打了个喷嚏，却将怪物吓走了。

第二天，明哥和吉力沿着怪物留下的踪迹来到一块林间空地，两人当机立断从一头黑熊爪下救出了两个浑身长满黑毛的野人，然而接着发生的事却将两人吓呆了，因为从雌性老野人的嘴中吐出了人言——"谢谢"。

40年代末，渭水边的李庄遇到了罕见的旱灾，村上巫婆胡言是秦岭的"山鬼"（当地人对野人的俗称）投胎人间之故。于是快被饥荒逼疯的乡亲无奈之下将村头10余岁的毛女李秀姑遣入深山老林。多年后，李秀姑有一天在山沟旁捡到一个被人遗弃的毛男孩，同病相怜的李秀姑将毛孩收养并取名栓子。

李秀姑问："你们到深山老林干啥？"

明哥打开根据目击者的介绍绘制的野人画像。

"山鬼！"母子俩惊叫起来……原来，母子俩曾被一个野人掳到一个怪石耸立的石洞过了几年茹毛饮血的日子。几天前他们在一片野果林遇上一头豹子，野人为救栓子与豹子搏斗，多处受伤后悄悄离去……

安顿好李秀姑的住宿，由于有了栓子这个懂得野人言语的翻译，明哥一行信心十足地重返崇山峻岭……三天后，他们来到栓子与野人的分手处，突然从密林里传来一声像是拖了长音的小孩哭泣声，栓子立即兴奋地同那个古怪的声音进行"对话"……一个体高2米多，浑身披着棕红色长毛的野人出现了……

野人吃了明哥让栓子递送的药品和食物，次日就恢复了体力，将明哥等人带到一个峭壁上不易发觉的石窟……显然这是野人自知活不久时，等待死亡来临的一个山洞，瞧着洞中众多已成了木乃伊的野人干尸，明哥和吉力流下了喜悦和悲伤的泪水，因为他们从中发现了两具头插银钗的古代妇女的遗体……

由省科学院举办的震慑人心的新闻发布会上，吉力激动地读着明哥起草的讲稿："……野人不能称人甚至不属于原始阶段的人类，因为它们不会制造工具，不懂用火，也没有社会组织。它们可能是生活在距今200万年前巨猿的一支后代，在中新世时期有部分巨猿从冰期形成的白令陆桥（今白令海峡）进入美洲，它们的后代被印第安人称为'沙斯夸支'，另一支流入喜马拉雅山区就被描绘成'雪人'，至于在高加索及蒙古等地的后裔，则被牧民叫作人形怪物'阿尔玛斯人'……"

《野人的召唤》，上海科学普及出版社，1989年8月，宣昌发改编

阿留巴岛的传奇

宣昌发

南太平洋的阿留巴岛是沙加王国的领土，属热带雨林气候，土地肥沃，物产丰饶，不愁衣食的岛民过着几乎与世隔绝的生活，故社会结构仍处于氏族制，现任族长玛龙的大儿子扎西已成家，小儿子洛西才16岁。

一天，从王国首都来了一艘船，船长库特为岛民提供美酒和放映电影后，企图招募岛上青年当雇佣兵，当即遭到扎西的反对，库特只得灰溜溜地离去。

几天后，王国大臣陪同一个从事旅游业开发的青年绅士雷蒙来到该岛，谦逊好客的雷蒙博得了岛民的好感，他获准在岛南端营造一组建筑群，竣工之日，他盛情邀请扎西等20余名青年赴大厅联

欢。因年龄小未受邀的洛西偷偷溜进园子与外出散步的嫂嫂赫娜无意之中发现了一个异常现象……

时隔不久，原来脾气温和的扎西等20余名青年像是中了邪似的变得凶狠好斗，当库特再次来岛时，扎西等一反以往热情和平的态度，不顾家人劝阻跟库特当兵去了……

一个风和日丽的上午，离王国首都不远的海面上有一艘白色游艇，坐在艇首的姑娘朝艇尾操舵的青年娇嗔地问："哥哥，你近来有心事，是否你的研究遇到了麻烦？"

原来，这是一对从澳大利亚来此度假的华裔兄妹钟民和钟婕……多年前，美国M博士发表了一个惊世骇俗的理论，即现代人的大脑由人类处于爬行动物时期遗留下的原始片段——"爬行复合体"、人类进化到早期哺乳动物时期遗传下的"缘脑"和高级的新大脑皮质所组成。钟民对M博士的观点深为赞同。经过不懈努力，他在两年前设计了一个调整电磁波能量的发射装置，意图是用以破坏人脑中的"爬行复合体"，以消除人类对暴力的追求……不想一家跨国公司获悉后出高价买下了他处于实验中的专利……近期他偶然知晓该公司的代表是急功近利的老同学雷蒙和有关阿留巴岛的奇特传闻。顿时，他的心头涌上了不祥的预感，他明了自己的发明一旦被不轨之徒稍加改造移作他用，后果将不堪设想。钟婕的提问使他目光中含有几分忧思："雷蒙的公司买下了我的发明。"

"雷蒙——"钟婕的眼中闪出疑惑之色，她刚要问下去，海上突然刮起狂风，小艇倾覆，两人掉入大海……

真是无巧不成书，钟婕漂到阿留巴岛的南端，被雷蒙发现救起。稍作休息，钟婕心直口快地对雷蒙发出一连串的责问，使其立下杀机，就在库特准备下手之时，洛西和被洛西搭救的钟民恰巧赶到……面对洛西的控诉斥责，雷蒙与库特将兄妹俩和洛西诱到那个供岛上青年玩乐的大厅。此时雷蒙露出了真面目，他承认将钟民的发明改制成破坏人的新大脑皮质的装置，扎西等人经照射后人性渐渐消失而兽性大发，至于洛西那天晚上发现他在门外按的钮键即是操纵开关。至此，雷蒙对钟民狠毒地说："祝贺你成为一位为科学献身的基督。"

千钧一发之际，手持猎枪的赫娜赶到，洛西拉着钟民等离开大厅关上门，并且按动了墙上的钮键……次日，钟民等关闭装置，打开大门——雷蒙和库特已成了两具相互噬咬得血肉模糊的尸体……

《野人的召唤》，上海科学普及出版社，1989年8月，宣昌发改编

追 求

宣昌发

杰城兰纳宇宙资源开发公司的林格号宇宙飞船朝月球驶去……舱内，桑梓与琼玛正轻松地讨论外星智能生物之时，门外响起一阵异样的脚步声，两人惊愕地转过头，发现两个机器人缓缓走来。

"两位博士可以休息了。"领头的机器人的金属声带发出冷冰冰的声音。询问后两人了解到机器人兰1和兰2属兰纳公司最新的智能机器人，它们的模拟人脑装置是根据总经理贝松和顾问肯特的思维方式编制的，并且有遇到情况会自编程序、自学与自行组织的特殊能力……

七年前，美籍华裔科学家桑梓、普鲁士世家名媛琼玛与富商之子贝松在莱茵河畔一个高能物理研究所相遇。经过长期的接触，琼玛拒绝了贝松的追求而钟情于对事业、生活持有坚定信仰的桑梓。之后，贝松学成回国创办了声名鹊起的兰纳宇宙资源开发公司。一天，贝松从关于开发超重元素的情报资料中发现桑梓一篇含有巨大潜在价值的论文，于是他竭力将桑梓请来公司工作。那么，桑梓所

探索的究竟是什么呢……各国科学家多年来经过大量的运算发现：在元素周期110～164之间应存在一个衰变期以千万年计的超重元素，它的日裂变的中子数是钚–240的4倍，可贵的是它能释放巨大的核能，却不会对人体和生物形成放射性危害。为此，这个悬念如同数学王国的哥德巴赫猜想一样成了众多科学家梦寐以求的追逐目标。

桑梓博采众家之长，他与琼玛终于在公司一台"强聚焦同步加速器"中破译了114号元素的奥秘……不久，琼玛从欧洲有影响的亲属处获知贝松同跨国军火公司商谈转让114号元素制造秘密的交易，她就劝桑梓离开兰纳公司，免得成为利欲熏心之徒的角逐品。桑梓虽然心存犹豫，但是他信任爱情、信任琼玛，于是向贝松提出辞职申请。孰料贝松此时取出一张公司的月球轨道探测器在月背X区测到某种不知名的重金属的光谱测定表，希望桑梓能赴月球解开秘密，碍于情面和一种对未知科学领域探索本能的驱使，桑梓答应了，琼玛也只得陪同他一起登上飞船……

林格号在月球背面一座环形岩壁处降落，几经搜寻发现了一块2吨多重的天然金块，为此桑梓感到困惑，不久从耳机里传来琼玛不安的声音："桑，我们上当了。"

原来，贝松企图垄断114号元素的制造秘密，当他得知无法留住桑梓时，他与肯特伪造了一张光谱测定表诱骗桑梓赴月球考察。果然，当桑梓呵斥机器人兰1，放下金块时，兰2就突然袭击了桑梓并将琼玛也扔在一边……这时，在兰纳公司接收室看到这一切的贝松和肯特发出了得意的狂笑。但是两人笑声未落就又瞪大了惊恐万分的双眼——兰1与兰2将金块搬入飞船后，为了争夺金块发生殴斗……两败俱伤之余砸坏了飞船的操纵系统。气恼交加的贝松根据兰2的表现窥破了肯特平日对自己的忠诚是伪装的，盛怒中贝松用一尊青铜雕塑砸碎了肯特的脑袋，自己也因心脏病突发而死亡……

　　桑梓和琼玛回到久久没有飞离的林格号，琼玛发现唯有"超睡舱"未遭破坏。两人决定"冬眠"等待救援。

　　"睡着的人不知道痛苦和欢乐。"琼玛含泪启动了装置。

　　"我将一直梦见你。"桑梓内疚、眷恋地说。

　　……很多年过去了。一天，中国的珠峰号登月飞船在离林格号不远的地方降落，一名队员偶然发现了桑梓当初遭兰2袭击时失手掉落于地的电子测向仪，队员们循迹觅寻，找到了已被碎石掩埋的林格号，桑梓和琼玛终于获救返回地球……

　　　　《野人的召唤》，上海科学普及出版社，1989年8月，宣昌发改编

翡翠羊

宣昌发

　　近日来，我国花木兰登山队将征服地球之巅——珠穆朗玛峰的电视新闻报道成了每天黄金档的一个热点。一天，当观众饶有兴味地观看巾帼英雄在海拔5000米的古刹荣北寺附近宿营时，两头从头至尾呈翠绿色的绵羊，突然大摇大摆地闯入镜头，成了轰动世界的爆炸性头条新闻……

　　位于康平市郊的金沙池是国内外著名的旅游胜地。一天黄昏，有两个青年男女沿着池畔散步畅谈……"罗荣，你应该留在城里搞科研。"姑娘陆中怡深情地说。

　　"中怡，如果缺乏实践，理想与幻想之间将永远存在一条无法逾越的鸿沟。"罗荣脸现沉思之色小声答道。

　　毅然赴藏的罗荣应用分子生物学技术为自治区改良牲畜做出了杰出的贡献，但培育一种像植物一样无须喂食，只要水、矿物质和二氧化碳，靠自身特殊的体表通过光合作用即可合成供躯体生长的

"特种牲畜"的想法，多年来一直萦绕在他的脑海……罗荣查阅了大量的资料，经过无数次的实践，选用了蒿草等高山植物，从中分离出叶绿体，再将叶绿体与羊细胞一起放入特殊的营养液培养，以使叶绿体进入羊细胞，然后运用羊细胞核再生产的方法……历经坎坷，罗荣终于培育出体表布满叶绿体，只需水和阳光即能生存繁殖的"绿羊"。那天，罗荣骑马一路上想着与陆中怡的关系，丝毫没有察觉一头豹子偷偷接近，幸亏在近处放牧的藏族少女卓玛及时相救，但是枪声惊得两头"绿羊"离群出走，它们沿着荣北河谷爬上登山队营地，成了电视荧屏上的明星……

罗荣对事业执着的追求也获得了苦苦相守的陆中怡的理解……

《野人的召唤》，上海科学普及出版社，1989年8月，宣昌发改编

莽林里的天国使者

宣昌发

纽约T学院的沙尔沃在南太平洋旅游，偶遇土著居民波西，并为其拍照留念。孰料这张相片引起了导师西蒙教授的震惊……原来，第二次世界大战期间，西蒙在美国空军服役。1943年盟军在南太平洋展开首次反攻时，西蒙驾驶的战斗机被日方炮火击中，他跳伞落海，幸被驾独木舟的波西相救。一个月后，盟军一艘炮艇偶尔发现了西蒙栖身的小岛，分别时西蒙解下脖子上的十字架项链赠予波西……半个世纪过去了，从照片上看和沙尔沃所述，波西仍是个25岁左右的年轻人，教授率领12名学生飞赴所罗门群岛……

历尽周折，西蒙一行终于找到那个小岛和波西，西蒙费了好大劲才使波西认出自己是50年前的赠链人。

"你变得太多了。"波西抚着西蒙的白发感慨万分地说。

……生与死是文艺也是科学的永恒主题。一般认为人的衰老由体内生物钟支配；细胞分裂学说则认定人的一生中细胞能分裂复制50次，故人从婴儿——少年——青壮年的过程是由细胞核内一段携带遗传密码的基因依次释放信息进行的；至于"神经内分泌轴"学派的结论是，人的衰老是由于体内缺乏一种特殊的酶引起的……为解开发生在波西身上的奇特现象，西蒙教授分析了波西的食物链和生活环境……最终在饮用水中找到了答案——一个奇特的溶洞水池中含有大量能防止人体衰老的酶……

正当西蒙等欣喜万分之时，学生盖伦露出了狰狞嘴脸，他要霸占这个秘密，持枪胁迫西蒙等跳下断崖！危急时刻，冷不防一个大汉从崖顶跳下，挥拳击落盖伦的手枪，在大汉连续打击下，盖伦失足摔下礁石遍布的大海。

原来，大汉竟是随同考察的日本籍学生荻村的祖父。当年他随日军从所罗门群岛的首都撤退，舰艇才出港就中了盟军的水雷，他侥幸抱住一块木板漂流多天，被波西发现救上岸，溶洞中的池水也留住了他的青春……

《野人的召唤》，上海科学普及出版社，1989年8月，宣昌发改编

踪　迹

宣昌发

一个初夏的黄昏，在西沙海域的珊瑚礁丛间出现一位手持微型水下推进器缓缓洄游的潜水员。忽然，珊瑚礁的一个凸点勾住了他的潜水服，他奋力一挣，右大腿被划开了一个口子，潜水员立即进行包扎，没料到就那么一点儿血腥味竟引来了一条鲨鱼。惊觉的他及时用水下猎枪击毙了那条长约4米的海洋霸王，不过他的前胸也

遭到鱼尾一击而仰身倒在海底。几分钟过去了，潜水员依然没有苏醒的迹象……在这万分危急的时刻，只见一个白色生物疾游而来，托起潜水员缓缓浮上海面，将其拖上一块高出水面的礁石……然而在潜水员睁开眼的瞬间，白色生物一跃入海消失了……

遇险的潜水员是海洋综合研究所的青年科技人员石磊，当他在病房叙说自己的遭遇时，同事们有猜测他遇到了爱顶物体嬉戏的海豚，也有调侃他遇上了美人鱼相救，也有趣谈他碰上了海妖或完全出于一种幻觉……此时，石磊的导师曾铸教授在旁听着，但是学生的奇遇却打开了他记忆的闸门……很多年前，尚是海洋生物系青年讲师的曾铸参加了F国欧文博士的考察队，在亚得里亚海畔他结识了U国的两个同行——华裔科学家唐思江和袁一俊。交往中，曾铸为唐思江非凡的学识与见解所倾倒，尤其在一次聚会上，曾铸高度评价欧文博士的海底考古发现之时，唐思江从生物起源的角度语出惊人地发表了自己的见解：人类进化应是从猿—类人猿—猿人—直立人，而根据目前已获得的资料，尚存在一个距今1200万～800万年，时间跨度达400万年之久的空白。换言之，在人类进化链上少了一环……

"这个消失了的环应该在哪里？"曾铸饶有兴趣地问。

"海洋既然孕育了地球生命，难道就不存在发展其他高等生命的可能？"唐思江沉思地说。

就这样，三人侃侃而谈。进化成人类的拉玛古猿可能由于地球气候环境变化等因素，在一段相当长的时间内重返海洋之谜，就此深深地印入了曾铸的脑海……

唐思江回U国不久，娶了袁一俊的妹妹阿芒为妻。后来，U国奉行穷兵黩武的称霸政策，由于唐思江不愿背叛故国宣誓效忠当局而遭到迫害，在押往劳改营途中唐思江逃跑未成惨遭枪杀。当袁一俊匆匆赶到之时，怀孕6个月的阿芒被士兵殴打以致惊吓过度已不省人事。在医院，临终的阿芒恳求哥哥无论如何要设法保住一对早产孪生儿的生命……

悲痛万分的袁一俊无奈之下将一对早产婴儿放入唐思江生前研制成的"子宫模拟器"内，并且延长了婴儿在水中生长发育的时间，取名唐宁、唐敏。兄妹俩也不知是遗传基因变异或是返祖现象之故，具有了长时间在水中活动的天赋。

唐敏长大知晓自己的身世后，一天她趁舅舅不备偷偷赴故国探望，那天在海底就是她救了石磊。返回U国时，她在一座临近公海的环礁再次巧遇石磊并在环礁底部捡了两块化石——唐敏当然没有想到自己的孩子气行为竟然圆了父辈的科学推理之梦！因为在距今500万年前（属上新世时期），这片环礁与我国南方大陆相连并有一个沥青湖。

一天，一群上岸觅食的海猿为逃避剑齿虎的利齿纷纷跳入湖中……沧海桑田，海猿的骨骼成了化石……

袁一俊没有过多地责怪唐敏，但是他未想到一波刚平一波又起。原来，驻O国的军事顾问丹尼斯在一次飞机失事事故中，看中了舍身救人的唐宁非凡的潜水本领和两片化石……为躲避丹尼斯的迫害，袁一俊携兄妹俩驾气垫船离开U国，次日凌晨来到唐敏发现化石的环礁，没想到再次遇到来此考察的石磊一行，石磊也认出了昔日的救命恩人……这时，丹尼斯手下的人员也追踪到环礁展开枪战，机智勇敢的唐敏舍身驾气垫船引开丹尼斯一行……闻讯赶来的曾铸与袁一俊重逢……

夜深了，在海滩徘徊的石磊终于等来了唐敏……

一个划时代的发现震撼了整个世界……

《野人的召唤》，上海科学普及出版社，1989年8月，宣昌发改编

假牙的风波

宣昌发

　　书房玻璃柜内有个塑料圆盒，里面的一颗假牙使我想起一年前在B城市一所医院实习时的奇遇。

　　一天早晨，我挟着讲义在市立公园散步，构思一份病例分析报告，冷不防耳边响起："Good morning.Are you a doctor？"（早上好，你是医生吗？）我闻声回眸见是一个浓眉大眼的青年，当时我暗忖也许遇上了英语爱好者，于是含笑点头："Nice to meet you。"（见到你很高兴。）没料到那青年即刻锁紧眉头，脸上浮现出一种难言的痛楚表情，快步离去，我不由得怔住了。

　　3天后，这个人由一位姑娘陪同，成了我的病人。他叫马宝，是纺织机厂的业余文艺活动积极分子。10天前他在一个晚会上表演诗歌朗诵，一开始，马宝感到从耳膜传入的仿佛不是自己的声音，他想可能是扩音设备出了故障。孰料表演结束，报幕员笑盈盈地更正说，忘了介绍马宝是用英语表演的，马宝忍不住喃喃自语："不，不是这样。"然而从扩音器传出的竟是"No，I am not！"就这样，马宝莫名其妙地成了一个能听懂中文却开口只会讲英语的怪人，尤其令人不可思议的是他从未学过英文！在主任的主持下，我们对马宝的发声器官和大脑皮质语言区做了彻底检查，均属正常。此时，我与马宝笔谈中知晓他演出前曾去N区牙防所换了一颗假牙……主任听了我的汇报，吩咐取下那颗假牙，奇迹发生了，马宝除了几个唇齿音发声不清外，令他烦恼不堪的怪病也霍然消失了。兴奋之余，我对那颗假牙做了透视造型，发现牙内有个异形物体。我上报了有关部门后，幸运地被邀和有关部门派来的王敏一起参与调查工作。

　　原来，为马宝看牙的牙防所的林医师接受了一个中年人两张内部电影观摩券，擅自将原先为马宝定制的那只左前切牙给中年人装上了，没料到马宝接踵而至，林医师情急之中，将中年人因钩子松动换下的假牙清洗消毒后装到了马宝的口中……费了一番周折，我与王敏找到了刚从澳门探亲归来的那位中年人。

　　他叫曾鸣，是刚从闽南某地调来B城的中学教师。为提高教学效果，他开始刻苦练习普通话……一天上午，他不慎被一个骑自行车的姑娘撞倒，碰到树上，磕掉了左前切牙。姑娘了解他的苦衷，就为他装了一颗假牙，使曾鸣意想不到的是，此后他的发音与电台播音员不相上下了。

　　听了我和王敏的叙述，研究所的女研究员陈蓓莹开心地大笑起来："我成了间谍小说中的主角？"

我和王敏含笑微微点点头。

改革开放以来，随着国际交往和旅游业发展，语言障碍是个大问题。为此，陈蓓莹经多年研究，试制成一种可以装入普通牙齿的超微型语言翻译器，它可以自动在方言、普通话、英语之间转译。她替曾鸣安装时，翻译器的指令在方言转译普通话上……

"那么，马宝他——"王敏问。

陈蓓莹从我手中接过假牙放到显微镜下："出于一次连续的强震动，方言、普通话、英语转译指令诨在一起了。"

"马宝在演出前咬过一个核桃。"我补充道。

"可能就是这个原因，因为这个翻译器尚处于研制阶段。"陈蓓莹微笑着说。

《野人的召唤》，上海科学普及出版社，1989年8月，宣昌发改编

CM闹剧

尤 异

郑小明拿到他叔叔还未申请专利的新发明——催眠匣的时候，第一个念头就是要教训一下他们的几何老师。一个月前，郑小明在课堂上打瞌睡，正在上课的赵老师申斥他说："只有低能儿才在课堂上睡大觉。"以致同学们一直取笑他，叫他"弱智少年"。今天，郑小明要赵老师当众出一次丑。

现在，教室里正进行着几何教学的电视实况转播。赵老师被选中上这堂公开课，好不得意。正在她讲得起劲之时，郑小明把桌上的文具盒调整了一下角度，同时又偷偷按了一下盒边的按钮。几乎与此同时，赵老师接连打了几个呵欠，最后趴在讲台上，呼呼大睡起来。台下顿时哗然。至此，导演才如梦初醒，大喊："停机！停

机！"停止了实况转播。

第二天，几乎本市所有报纸都刊登了这条新闻，此事成了市民茶余饭后的笑料。对于这件事，人们有种种猜测，有的说是突发中风，有的说是紧张过度……总之，谁也没有猜到真正的原因。

不久，本市一家权威日报发表了李赫忠的研究成果摘要，题目是《赵秀兰事件的心理基础》。报纸同时报道说：作者以此优异成果，由副教授晋升为教授云云。

事隔数日，该报又在同样位置发表了卞世旭教授与李赫忠商榷的文章。两位教授在报上摆开战场，大战数十回合，得到不少稿酬。报纸的订数也翻了一番，报社收入颇丰。此举引起电视台眼红。他们也想出一法，邀请李、卞两位教授进行电视辩论，地点仍设在赵秀兰讲课的教室。

这一天，教室里坐满了人。台上是李、卞二人，台下是郑小明全班同学及有关人员。在摄像机镜头下，两位教授开始时侃侃而谈，后来竟互相攻击起来，粗话也出了口。台下的孩子躁动起来。郑小明再一次把催眠匣对准了两位教授。他们便重蹈了赵秀兰的覆辙，双双睡在讲台旁边。

这次事件之后，两位教授当然销声匿迹了，却从远方来了一位大权威，他察看了出事现场之后，得出结论：这是一种新型传染病，是由一种连电子显微镜也看不到的新型病毒引起的。他宣布明天在全市最豪华的礼堂做学术报告。

第二天，那权威在台上作演讲，正在描绘想象中的病毒的样子时，郑小明急不可耐地冲到台上，用催眠匣对准那权威喊道："你看吧，病毒在这匣子里！"说完按下了按钮。

"小明！"郑小明的叔叔从台下冲上台，要制止小明，可是老权威已躺在地上睡着了。礼堂里一片混乱，人们惊恐地向门口涌去。

"没有事！请回来！"叔叔冲着话筒喊。礼堂里渐渐静下来。

叔叔拿起催眠匣说："其实并没有什么病毒。这是我的一项发明，想用来治疗那些睡眠不好的人。想不到在我出差期间，我的淘气侄儿用它惹下了这些事，更想不到有人得出了这么多结论……"台下一片大笑。

叔叔接着说："至于催眠匣的原理，很简单，就是利用它定向发射一定波长的无线电波，干扰脑电流的电场，从而起到像'安'药片那样的导眠作用，不过作用要比药物来得快，也强得多……"说到这儿，叔叔突然刹了车。他猛然跳下台，头也不回地走了。不错，他得赶快申请专利去。

《少年科学》，1989年第10期，庄秀福改编

懒　虫

岳　涌

我乘坐的飞船稳稳地降落到地球上。几千年前，我乘坐光速飞船离开地球，由于速度非常快，这几千年对我来说，不过几十年。今天，我又回到了地球，人类会有什么变化呢？

舱门打开了，我看到外面站着一大群人，仔细一看，全是机器人。其中一个机器人走过来对我说："我是地球对外联络部部长。"接着他又指了指那一大群人说："地球事务委员会全体委员和各地代表都迎候您归来。"

我奔了过去，想找一个真正的人，可是很失望。我十分不安，怎么一个人也不来迎接我，难道是我的成绩不大？

当我听到介绍那个号称"地球管理委员会主席"的机器人时，我恶狠狠地问："人呢？他们还在吗？"

"当然还在，而且被我们照料得很好。我们是不会让任何一个

物种在地球上消失的。"它并不在意我的无礼，平静地说，"你什么时候去见他们？"

"现在。"

几分钟后，我站在"人类种群繁衍中心"的大楼前。中心主任（当然也是机器人）打开了大门。我走了进去，里面是一间间用玻璃隔着的房间。主任告诉我："里面是无菌、无尘的，温度、压力永远恒定。"

我朝房间里看去，里面摆着一排排约2米长的箱子。每个箱子上都躺着一只分不出头尾的白胖胖的巨大的蚕，不，像蚕一样的虫。它们身上还插着一根根的导管和电极。我十分惊愕地问身边的主任："人呢？我要见人。你让我看这些肉虫子干什么？"

"不，他们就是人。"机器人主任说。

《我们爱科学》，1989年第3期，刘音改编

老爷照相机

王晓达

沙沙邀请同学威威和默琳去凤凰山踏青。威威问："你背的是什么老爷照相机？黑不溜秋的方匣子一个。"

沙沙说："老爷照相机？这是我爸爸搞科研的相机，最新式的生物时间全息型，带电脑的，2030年出品。"

其实这相机是沙沙瞒着爸爸偷偷拿出来的，对相机的性能他也不大清楚，默琳说："废话少说，我们还是抓紧时间拍照吧。"3个中学生你一张、我一张，单人相、集体照，把两卷胶卷拍完，就回家了。

第二天刚放学，3人来到照相馆取照片。照片拿出来一看，有的

照片上是两个老头，有的是一个老太，还有一个小女孩。3人说："这不是我们的照片。"

照相馆的人说："纸袋上的号码和胶卷的标记是一致的，没错，这些照片是你们的。"

3人又仔细看照片。默琳说："这张照片上的老头很像你们两人。"

沙沙和威威指着照片上戴红领巾的女孩，说："这小孩跟你小时候的照片一模一样。"

沙沙说："但我们怎么会变老或变小了呢？"

他们正在对照片发愣时，一位中年人走了过来。他拿出证件，说："我是公安局的，叫赵强。我想请你们到公安局去做客，了解一些情况。"3人随赵强到了公安局。赵强向他们介绍说："凤凰山的寺庙是宋代的古迹，庙内藏有一只金丝凤冠，上面缀满珍宝，价值连城。上个月我们查获一批走私文物，经鉴定，有些珠宝是这只金丝凤冠上的珍宝。我们得到情报，罪犯昨天在凤凰山进行第二批凤冠珠宝的黑市交易。由于昨天游人很多，我们没能抓到罪犯。于是，我们想通过昨天拍的照片寻找一些线索。刚才看到你们昨天在凤凰山拍了许多照片，或许我们能从中发现点什么，所以把你们请来了。"

3个学生就向赵强谈了拍照片的经过，又拿出72张照片让赵强看，并说："这些照片上的人像我们，但不是变老了，就是变小了，不知是怎么回事？"

赵强说："这是沙沙爸爸的相机，真了不起。这种相机通过电脑，可以根据拍摄对象的信息自动处理修正时间，拍出未来和过去的照片。"3人这才恍然大悟。赵强对沙沙说："过两天我要向你爸爸请教，这种相机对公安工作很有用处。"

4人又一起分析照片，发现有一对男女青年在几张照片上都有出现。昨天游客多，拍照时捎带上别人，这毫不为怪。奇怪的是，别人的模样都有变化，唯独他们没有变模样。赵强沉思了一下，说："这是两个机器人。他们没有生命时间信息，所以不管过去、现在和将来，基本没有什么变化。机器人到凤凰山干什么？唔，这是一条线索，值得查一查。"

没几天，公安局把两个机器人找到了，并通过机器人，抓到了背后遥控机器人的盗掘珍宝集团，破获了盗窃金丝凤冠大案。

《少年科学》，1989年第11期，庄秀福改编

拯 救

王亚民

生物电学专家欧阳博士对自己的一项重大发明——全素生物微电分合系统进行鉴定的前一天，决定亲手再做一次试验。

他把试验用的小白鼠放进靠右边的分解发送舱里，关上舱门，轻轻地按下电钮。眨眼工夫，那只可爱的小白鼠便完好无损地出现在左边的合成接收舱里。

"真是了不起的发明！"欧阳博士情不自禁地喊道。

"有了它，我们这个世界从此再不需要什么飞机、轮船、火车等交通工具，而只要在各个城市安装上这种传输系统就行了。"兴奋之际，欧阳博士决定亲身体验一下人体被全素分解合成的滋味。

在试验时，一只老鼠也偷偷地溜了进来。当他发现时，悲剧已发生了。他的体内混进了老鼠的细胞，变成了一个人鼠混合的怪物。必须抓住这只老鼠，才能自救。

这两天，欧阳博士反锁实验室的门，就是为了抓获这只老鼠。

欧阳博士的年轻女助手简美珍得知这个不幸的事件，焦急万

分。她在同欧阳博士的好友、当今世界上著名的神经学教授罗楠谈起拯救欧阳博士时说："抓住这只老鼠，让它再跟博士一块进行一次传输。"

"博士发明的系统，是带有识别区分装置的。只要被传输者事先按下识别区分键，系统是可以对不同的动物进行分类传输的，就像载波电话似的，这里只不过将不同的动物送入不同的传输总线。"

罗楠教授决定用自己为帮助消灭非洲鼠疫而发明的仿真鼠去搭救欧阳博士。

仿真鼠不但外表跟老鼠一模一样，连体内的高级中枢神经系统也是一模一样。该鼠有生殖器官，并有自动性别转换器，能向异性发出求爱的微波信号，并与之实行交配。

罗教授说："我可以在仿真鼠的生殖器内安一个速效麻醉剂，它不是连那只鼠的一根毫毛也不会伤害吗？"

美珍听到这里兴奋不已："这下欧阳博士有救了。"

《科普创作》，1989年第6期，李正兴改编

风流影子

魏雅华

谁不想暴富？不过咱们挣钱得光明正大。我在自动化公司兼职才两个月，机会就来了。那是个星期天，来了位名作家，他要我为他设计一台会写小说的电脑，每天写2万字，以应付出版商，他给我的报酬是200万元。

我答应了。作家当场把汽车给了我，还答应电脑搞成后，别墅、家具、名画都归我。当我开着车子，进了闹市区时，一位漂亮

姑娘向我求助，说她遇上了坏人，我跟她就这样相识了。

我要为作家研制电脑，又要跟姑娘约会，事业和爱情在争夺我有限的时间。我找到了老同学李圣聪办的替身机器人公司，他给我派了个机器人做替身。我要机器人替我去谈恋爱，而我可以在程控电脑上观察替身的活动，姑娘跟我的替身谈得火热。我跟替身约法三章，替身说他是机器人，不会越雷池一步。这样，我就放心了。

从此，我专心研制写作电脑。这工作难度不大，但工作量很大。写作，首先是语言，然后是情节，我得兢兢业业地进行研制，我的替身也在忠实地履行自己的职责。我想让事业和爱情同步走向成熟。

写作电脑研制成功啦！我在作家家里调机试用。作家说目前的水平只能打60分，要我再努把力。是呀，我得向终点发起冲刺。

到了该收获的季节，我的替身也向姑娘发起最后的冲刺。我给老同学打了电话。老同学说这个机器人替身是公司的新产品，怕他感情冲动……

我一头扎进了文学，将所有精力在最后瞬间迸发出来。我已经没有白天和黑夜的概念，终于在约定时间结束了工作，天亮之后可以把写作电脑交给作家了。休息时，我走到窗前，发现我的车子不见了。我打开程控电脑寻找替身，糟了，这个机器人已经摆脱了控制。

我坐了出租车赶到机器人替身和姑娘约会的海滨小镇，那个小镇有几十家宾馆，上哪儿去找呢？我来到情侣旅店寻找，旅店服务员给了我房间钥匙。

房间里凌乱不堪，机器人替身已带着她私奔了！我一阵心绞痛，同时看到一双红皮鞋正向我走来，我想这可能是幻觉。突然，她伸手给我一记耳光，我被打晕了，就是她！她质问道："我发疯地爱你，你却把我的机器人替身拐到哪儿去了？"

天哪，她也请了个机器人替身！我快活得号啕大哭。

《奇谈》，1989年第2期，方人改编

神秘的电影院

吴 岩

退休警察马思协接到了一封奇怪的来信，上面只有"紫光电影院——安达大街18号"几个字。他找到那里，细心地观察了3天。

他眼见着每天都有稀稀落落的观众走进大厅，可从不见有人出来。怪了，他们失踪了？职业习惯驱使他买了张电影票，随人流走进了电影院大门。

电影开始了。马思协悄悄地借垂下的门帘挡住身体。厅里的座椅都是半卧式的，整个屋顶都是银幕，正放映着一部关于另一个星球的科幻片。渐渐地，放映厅里弥漫着一股淡淡的香气，观众们在不知不觉中沉沉睡去。躲在门边的马思协刚想退出来，就被橡皮棍一记猛击打昏了……

马思协醒来时，发现自己躺在一只又细又长的箱子里，实际上，这箱子是个两头没有挡板的柜子。微弱光线下的情景使他大吃一惊：这是个巨大的、满是方格的柜子，每个格子里都躺着一个人。算起来，整个柜子里的男女老少恐怕有500多个。

一束光亮照进来，一辆自动车满载着刚从放映厅抬来的人，两只机械手准确地把他们塞进空格中。马思协尾随自动车，来到一个环形走廊。墙上挂着一些影片剧照，那些照片像是在其他星球上拍摄的。马思协在墙上一片长方形线条的边缘轻轻一推，墙立即开了个口子，一股旋风把他吸了进去。

房间里绿荧荧的。一阵"嗡嗡"声骤然响起，房间中央的一个圆形玻璃柱渐渐亮起来，出现了一个人形。难道这就是另一种宇宙生命？它的双眼像两个向内转的旋涡，摄人心魄。玻璃柱中的人蠕动着嘴唇："马思协，请立即回到格中，离起飞还有30分钟！"

这究竟是怎么回事？圆柱人解释道："这里有个使你难以相信的故事。在遥远的银河外，有个仙奴星系。1908年这个星系的一艘飞船在光顾地球时，不幸在西伯利亚森林上空坠落，燃起熊熊大火。要不是载人舱顺利地脱离飞船，上面的人都会死去。失去了运载工具，500名仙奴星人无法离开地球，被迫改变外形混迹于人类之中。年复一年，他们失散到各地，并生儿育女。今天，他们的人数已超过5万。现在，几百艘救援飞船来了，分别降落在地球的不同城市。这些飞船变成了电影院、商店、旅馆、博物馆等。在这里，我们向每个仙奴星人的后代发信……"

显然，马思协是仙奴星人的后代。圆柱人对他说："你将受到最好的照料，现在离起飞还有15分钟。"

"不，我不想回去。"马思协做出了决定，"我在地球上生活了60年，我熟悉这里的一切。地球上有我一生的奋斗，有我热爱的人民……我不愿意到另一个陌生的星球上去。"

旋风般地，马思协来到灯火通明的街道上。一声巨响，整座电影院腾空而起，五彩斑斓的光在它下面旋转着、流动着。

"看！飞碟！"孩子们惊叫着。

马思协抬起头，庞然大物在轻轻摇动。"他们在和我告别。"他抬起手，向飞碟挥了几下。

《少年科学画报》，1989年第7期，肖明改编

TV风波

张赶生

五（2）班的黎丽上电视台当广告模特的新闻，在全班师生中传开了。"咱班的'哑木头'上电视了，成了广告明星啦！"班文娱委员白玲玲逢人便说。电视台放着区少年歌舞团的独唱明星白玲玲不用，偏偏选中一个"闷棍儿"黎丽。同学们都在议论，大多数同学为白玲玲打抱不平。黎丽满腹委屈："我没上电视台当什么广告模特呀！"昨晚的电视广告是百灵无线电厂做的，宣传他们厂的产品——百灵牌变声多功能话筒。那手握话筒的女孩，就是黎丽。"那不是我！"黎丽哭了。

事情是这样的：黎丽一直想当独唱演员，她羡慕白玲玲清亮的嗓音。可是一场重病使她的嗓子沙哑了。没料到她对着话筒演唱时，播音员介绍说："无论是谁，用百灵牌变声多功能话筒唱歌，音似百灵，胜过百灵！"一连几夜，黎丽都没睡稳，她梦见很多穿白大褂的大夫笑眯眯地朝她走来，她伸出双臂使劲沙哑着嗓门呼唤："大夫，给我一个金嗓子吧！我要唱歌！"

为电视广告之事，晚上王校长来到黎丽家，准备与黎丽家长商量怎样向法院起诉侵犯人身权。王校长刚进门不到5分钟，黎丽的爸爸黎刚就带着百灵无线电厂李厂长进了屋。没等王校长开口，黎刚笑着让大家先看电视。荧屏上出现了黎丽手握话筒唱歌的镜头。播音员说："这是一则虚假的广告！现在请百灵无线电厂厂长李清河发表电视声明。"

"各位用户，我郑重声明，我厂根本没生产过这种产品。广告是盗用我厂的名义，用盗窃来的录像资料非法拼凑而成的。这名女孩并未作过任何独唱表演，她只是一项实验的对象。"

节目主持人说："有一小部分罪犯利用最先进的科技成果进行犯罪。下面，请脑微循环研究所副所长黎刚谈谈这则假广告案有关科技方面的问题。"

"人的大脑在思维时，会产生一种极其微弱的脑电波，向外发射着。根据这个原理，我们研制了脑电波处理系统，简称ND-A。"只见荧屏上，黎刚将一个小方形仪器塞进枕头里，介绍说："人的头枕在它上面，这个人思维的过程都会被ND-A接收，在专用的超微录像带上录下来。前不久，我录下了我女儿的一个梦境，就是她独唱的梦。不料，录像带被盗，引起了这场TV风波。"现在，黎丽还记不起那梦是啥时做的。荧屏上，很多穿白大褂的大夫……"大夫，给我一个金嗓子吧！我要唱歌！"看到这里，黎丽"哇"的一声哭着跑进房里，倒在床上，抱住枕头。无意中她发现

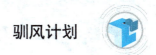

了枕头下的小方盒，什么都明白了。

第四天，喜从天降——外地的光华耳鼻喉专科医院的大夫们在看完电视后，开专车前来接黎丽去做喉部治疗手术。

黎丽终于获得了金嗓子。你听，黎丽和白坽坽在一起练歌哩，那声音多么清亮！

《儿童时代》，1989年第12期，李正兴改编

微 波 犬

—— 一位公安人员的破案日记

宗介华

上午10时，某科研所宿舍大楼。

我国著名老科学家欧阳培夫的家被一个蒙面人盗走了财物。

10分钟后，公安人员赶来，门户洞开，一片狼藉。

欧阳先生已偕夫人随一个科研小组到外地出差去了，今天下午才能回来。

在公安局的办公室，人们都在思索着同一个问题。

奇怪，堂堂一位著名的力学家，家里的屋门怎么会既无锁，也无门环，更没有留人呢？为什么所有的抽屉、柜子也都没有安装锁呢？难道这是疏忽……

欧阳先生回来了。当他得知家里有意外，就让小车直接开往科研所宿舍大楼。

当欧阳先生一行人出现的时候，守在门口的公安局的小伙子急了。

"欧阳先生，破案需要保护现场。在问题没弄清楚之前，暂时谁也不能进。"

"要是情况弄清楚了呢？"

"当然，那就可以请您进屋了。"

"好。只要我进了屋，一切都会清楚的。"说着，欧阳先生哈哈大笑起来，没有一点失窃后的烦恼。

人们的目光疑惑起来了。

欧阳先生在自家的客厅里打开电视机，在一个不大的特殊装置上捅捅、按按。

　　"现在请大家来看看我的这个'微波犬'吧。"

　　屏幕上出现了图像。

　　一个蒙面人，悄悄走进屋里，拉开柜子，搜寻东西；

　　背上鼓突突的挎包，刚出门便碰上门卫马大伯；

　　他把马大伯推倒，顺楼而下；

　　他骑车逃走了；

　　他回到自己家，逐样审视着窃来的钱和物；

他在窃喜……

如同看电影，清晰的画面一直追踪着那个盗贼。

原来，那"犬"是卧在门口屋顶上的，只有扣子那么大。陌生人进入屋内，那"犬"便使微波发出信息感应，并按照程序开始跟踪。直至主人给它特殊的指令这种跟踪才会终止。

荧屏上的图像经过特殊处理，将储存的微波还原为画面……

5分钟后，警车鸣着警笛，直向微波犬追踪的方位奔去。

《科普创作》，1989年第5期，李正兴改编

愉快的一天

朱 俨

这一天，是我最愉快的一天。那天上午，我正在家中，忽听见有人敲门。开门见是一个1米左右高的小男孩儿。他把一封贴着3根鸡毛的信交给我，我拆开信一看，信上是这样写的：

亲爱的弟弟：

你好。你还未来过我在台湾的家，现在快来吧，我等着你。

附：给你送信的是为我家服务的机器人，叫"灵灵"，他会带你到我家来的。

你的表哥 平方

啊，这可爱的小男孩儿竟是个机器人。我愉快地跟他往外走。大楼外停着一辆流线型小汽车。我们上了车，由灵灵驾驶，以每分钟200千米的速度前进。不一会儿，就到了福州市边境。此时，一座雄伟的大桥展现在我们面前。灵灵介绍说："这是新建的友谊大桥，它的建成方便了两岸的往来。"

忽然，我发现我们的汽车腾空而起，原来这是辆多用汽车，水

中、陆地和天空都能活动。没多久，车已停在表哥家的门口了。表哥迎出来，把我接进家中。在家中聊了一会儿，表哥带我出去参观。

我们驾车来到台湾海峡边，转了几个弯，车子进入地下，表哥说："这是一条地下磁性隧道，实际上是建造在海中的。它利用一种高能磁力，使车腾在空中，以每分钟30千米的速度行驶。"

不过两三分钟，我们就到了舅舅的公司。这是一幢100多层的大厦。在原料车间里没有一个人，一条运输带把一只只椰子输送过来，机械手把椰子切开，再送到下一个车间进行加工。原来，驰名世界的"Let Y"椰汁就是在这儿生产的。

出了大厦，表哥带我参观"海底世界"。我们的车在海中行驶，透过车窗往外看，深蓝色的海水中，鱼儿畅游着。一会儿，我们来到少年宫，车进了门，而海水被挡在门外，我们下了车。少年宫里的活动五花八门，精彩极了。我们还到人造滑冰场滑了一会儿冰。

少年宫参观结束时，已是第二天早上。表哥用车把我送回大陆的家中。

《少年科学》，1989年第12期，庄秀福改编

意外的收获

安 兵

Z国某油田钻探队获得了意外的收获：从1亿多年前的古老地层中发掘出一批古老的、尚未炭化的种子。经过苦心培养，这些种子竟奇迹地发芽了。他们获得100多种史前植物！在植物学家主持下，Z国H县山区在20年后成了近百平方公里的森林公园。

谁知，一场大火毁灭了森林公园。大火之后，该县人口出生率仅为大火前一年的20%，求治不孕症的青年男女越来越多。调查结

果表明，受史前森林燃烧烟尘污染的H县的新婚夫妇很少能受孕，那些新生婴儿的母亲，都是在外地旅行结婚期间受孕的。

专家们从现场采集了一些残存的史前植物活体标本，研究结果使学者们目瞪口呆：其中一种被称为TDF的物质，有强大的避孕作用，可靠率达100%。

学者们联想到随着TDF在土壤和地下水中不断扩散，3年内将影响到横贯Z国的C江中下游地区。该国三分之一的人口将面临严重的生育危机。为此，当局只能做两件事：一方面责令全国所有药物研究所倾全力研制能够抵消TDF的作用、使人重获生育能力的药物；一方面动员新婚夫妇去外地旅行结婚。

5年过去了，学者们终于研制成了TDF的克星药物"生宝灵"。Z国的生育危机结束了。当局自然不会对TDF这种高效避孕药无动于衷。每年夏天，飞机把大量人工合成的TDF播撒到各地的积雨云中，TDF随雨水汇入河流，人们喝水后，就都获得避孕能力。想要孩子吗？两粒"生宝灵"就解决问题。

然而，若干年后，人们又发现了TDF对少数几种爬行动物也有作用。由于发现太晚，包括C江鳄在内的几种爬行动物灭绝了。不过，动物学家们在痛惜、沮丧和内疚之余又获得了安慰：他们因而提出了关于恐龙灭绝的新的假说。

《机器人"疯狂症"》，中国青年出版社，1990年5月，修棣改编

月球餐厅

白长根

我的老同学徐瞻是位生物工程学专家，突然销声匿迹了许多年。昨天我接到他的请柬，邀我到月球上参加他的餐厅开业典礼。

今天我一到月球，他就热情地招待我用餐。一位姑娘把酒菜用小车推来，摆上了桌。嘿，好丰盛的佳肴，山珍海味，荤素俱全，尤其使我吃惊的是，居然还有一盘糖醋黄鱼。

我边吃边赞叹说："老同学，你几乎把地球上所有的美味都运来了。居然还能弄到黄鱼，海族博物馆怎肯卖给你？"

徐瞻大笑起来，向我招手："跟我来。"我紧紧跟随他走进大厅。在大厅中央有台颇像大鸭子的机器，徐瞻按动电脑控制台的电钮，往"大鸭子"嘴里填进一堆极普通的石头。只见"鸭尾巴"那头出来一条条黄鱼。我简直不敢相信自己的眼睛。

徐瞻得意地说："你刚才吃的山珍海味，都是石头变的，其实原理很简单。由于原子排列组合的不同，才构成宇宙间各种物体的千差万别，如果把某物体所有原子'拆'开，再按一定的自然规律重新排列组合，就可得到所需要的物体。现在有越来越多的人迁居月球，但月球不能提供人类生存的条件。所以我只能闭门谢客，潜心研究了十多年，才试制出这台原子分离组合机。现在这台机器的电脑中储存了上千种物体的形体构造和原子结构的密码。这家餐厅也应运而生了。"

我望着徐瞻充满活力的神态，心里说道：人类又一个划时代的新纪元，也许就从这座月球餐厅开始了。

《机器人"疯狂症"》，中国青年出版社，1990年5月，修棣改编

全 才

白 墨

罗先生带着怀孕不久的妻子，来到人类优生服务中心。优生学专家M教授热情地接待了他们。"我这儿储备有世界上各种最佳人才的遗传密码。这些遗传密码都经过强化处理，通过密码输送机输入到胎儿染色体内。孩子出生后不久就能显示出应有的天赋。不知你们想让未来的孩子成为哪方面的人才？"

罗先生说，他想让孩子成为全才。M教授同意试一试。但要求将来孩子有什么意外，一定要来找他。

　　数月后，一个获得了世界上所有最优秀人才遗传基因的婴儿诞生了，罗先生给他取名叫全才。全才果然智商极高：出生两个月便会说话；1岁开始博览群书，过目不忘；2岁写成一部回忆录，书名为《在娘胎里的日子》，轰动文坛；3岁举办了"全才作品音乐会"，场场爆满；4岁精通各国语言，并自学宇宙语；5岁应世界著名科学家理事会的邀请，作关于未来科学发展前景的学术报告……罗先生欣喜万分。

　　不料没过多久，全才从大学讲学回来，直喊头疼。谁知一觉睡去，竟昏迷不醒。半夜罗先生举灯一照，只见孩子突然变得皱纹满面，如同80岁的老翁。

　　夫妇俩跑遍各大医院，都不能治这怪病。绝望中，罗先生想起了M教授。

　　"罗先生，看来我们的试验失败了。但请不必难过，你们真正的孩子在这儿，一个非常出众的孩子。至于你怀中的孩子，是一个化学合成人。我们是趁夫人分娩之际，用拥有所有优秀人才遗传密码的化学合成人，调换了你们的孩子，用它做了这次模拟试验。现在我们该换回来了。"

　　　　《机器人"疯狂症"》，中国青年出版社，1990年5月，修棣改编

冤 案

白锡喜

苏子衡是位蜚声中外、年逾古稀的化学专家。我真难以相信，现在他会作为诈骗巨款的嫌疑犯被公安局起诉。

起诉意见书中是这样指控的：

"被告人苏子衡利用被害人望子成龙的心理，谎称经过3个月的课余补习，即使学习最差的高中生，也可考入名牌大学。在上述期间，共有42名高中生的家长上当受骗，被骗巨款达42万元……"

我作为一名检察官开始对苏教授进行审讯，但他始终保持沉默。当我用和缓的口气审讯时，他软化下来，并滔滔不绝地说了起来："我从国外回来的那一年，在化学研究所的研讨会上，提出了'人工合成知识化学物质'的课题。当时，我给世界著名的化学家乔治·昂加尔教授写了封信，阐述了我的设想。他在回信中表示支持，并指出：'知识记忆是由多肽组成的化学物质，只要把这种化学物质转移，知识记忆就随着转移。'"

"经过40多年的研究，我终于取得了成果。把不同种类的知识化学物质储存在人的神经细胞里，在刺激这些神经元时，知识就会在人的脑海里涌现出来。大脑储存的'知识化学物质'越多，人的知识就越丰富。为了保密，我没和家长们讲为什么每人要收1万元。其实，这只勉强够成本，光'知识物质'原料成本费就要每人1万多元。万万没想到，我贴钱搞科研，还没来得及调查科研效果，就被公安局'请去了'。"

为了查清整个案情，我真是忙得"脚丫子朝天"。就在弄清案件始末时，我陆续收到了42位学生家长寄来的保释信。他们在信中向苏教授表示衷心感谢，信中还说，他们的子女都考上了名牌大学。苏子衡教授当然也就被无罪释放了。

消息一传出，人们纷纷要求送子女参加培训班。苏教授一一婉言谢绝：因"知识化学物质"的试验已告结束，所以不再举办培训班，否则会造成学生依赖药物，学习积极性衰退的不良后果。

《机器人"疯狂症"》，中国青年出版社，1990年5月，修棣改编

哀　鸣

常　常

苏挺博士发明的动物语言转译机将在动物园进行公开试验。消息传开，动物园门口立刻排起了长龙。

转译机先安放在猴山，一群小猴的声音首先被译出来，它们在"开会"研究如何逃避饲养员给它们洗澡。不一会儿，人们又听到大象的声音被译出来，它们正为饲养员迟迟不放水让它们洗澡而大发脾气。

后来，苏博士加紧试制了第二台转译机，它的收译范围增加到半径200米。第二台转译机一制成，就被放在森林中。

一只母虎在哭泣，它的丈夫刚倒在猎人的枪口下；一只小狐狸在找妈妈……苏博士关掉了转译机，成功的喜悦被悲哀取代了。

苏博士宣布不再试制新的转译机，也不肯出售专利权。大家感到很奇怪，苏博士只回答了一句："人类捕猎动物的手段已经很高明了，倘若再有了转译机，我们恐怕连哀鸣也听不到了。"

《机器人"疯狂症"》，中国青年出版社，1990年5月，修棣改编

机下蛋，鸡生……

迟　方

合成化工厂原来全靠APT这个看家产品赚钱，后来由于生产APT的车间污染严重，被迫转产，转产的品种是人造鸡蛋。由于厂家不顾商业道德，在广告中胡乱吹嘘自己的产品，百般贬低土鸡蛋，一时间好似吃土鸡蛋的全是落伍的老夫子。这下子，隔壁赫赫有名的养鸡状元钱丰的养鸡场可惨了，7500多只高产蛋鸡生的蛋价格暴跌，大批积压，难于出手。

　　一天，钱丰的儿子大路在学校老师的帮助下，从网络信息中得知，饲养APT菌可以发家致富。他回家一商量，认为这种菌准是一种蘑菇，决定先搞菌种饲养。父子俩找到举办APT菌饲养技术学习班的东光村联合加工厂，接待员老吴是位干瘦的小老头。

　　听完他们的来意后，老吴满腹怀疑地问："不参加学习班你们就能养活这玩意儿？"

　　"没问题，我们啥活物都养过。"钱丰硬着头皮说。老吴听说他就是养鸡状元，就给了他一小瓶菌液。

　　钱家按培养蘑菇的方法，就地取材，用鸡饲料拌上锯末试验。他们将清水般的菌种小心地倒进了调配好的培养基上，一连4天过去了，钱家三口人轮番喷水、测温、观察、研究，培养基上既没有长出蘑菇，也没有长出一草一芽。过了15天依然如故。

　　后来，钱家趁着这饲料还能用，就留下一点来继续试试，其余的都喂鸡了。不料，第二天一早，鸡全病了，但症状不像鸡瘟。于是，钱家用一只鸡隔离喂养剩下的菌种，观察病情发展。下午，大路发现那只鸡正焦躁不安地在笼子里扑腾，只见它站起来，蹲下去，来回折腾了老半天，终于"噗"的一声下出一只大蛋并"咯咯儿"地叫了起来。那只大蛋竟然是金蛋。此时，鸡舍里也此起彼伏地响起了"咯咯儿"的叫声，原来是笼里的鸡争先恐后纷纷下了蛋。5个、10个……不大工夫，竟拾了满满一篮子金蛋！大路挑出一只想敲开研究研究，但左敲右敲，蛋壳完好无损。他把蛋放在砖上，用锤子猛地一敲，蛋碎成了几块！可是蛋里没有流出蛋清、蛋黄，原来是里外清一色的实心蛋！把这些蛋片放在热水杯中、醋杯中，碎片飘在上面，没有任何变化。用火烧，也仍毫无变化。

　　老吴去省城送货，顺便来拜访养鸡状元，同时他估计钱家饲养的APT菌也该有产品了，想来回收产品。当他听说塑料菌种让鸡吃后下了金蛋，大吃一惊。他捧起一只金蛋激动地说："您钱丰可真不愧是养鸡状元，APT到您手里都能和鸡联系起来，这个新产品一定非常有发展前途。"当钱丰一家知道APT不是蘑菇，而是塑料菌种，它又是与合成化工厂以前生产的APT是同一种东西，又担心APT有毒性会影响人畜。老吴说："这种APT菌种培养法不但不污染，反而会吃掉一些污染物，绝不会出乱子。我们研究开发APT菌的同时，也研制出了APT菌清除剂。"

APT菌是老吴退休前在生物工程公司主持开发的。这种菌是在专门的培养基上培养的，它大量繁殖，并分泌出APT塑料。现在菌种被鸡吃进肚子里，菌在鸡肚子里继续吃食物的残渣，甚至吃肠子里的鸡粪，并分泌出APT塑料原料，在40℃以上的温度就会成形，再经过几小时就可以固化，鸡肚中的温度大概刚刚够。当用APT制造成品时，还需要在原料里加填颜料增塑剂……

"如果在鸡饲料里加进颜料，再加进别的添加剂，那鸡就不但会下金蛋，也许还能下出银蛋、下出花花绿绿的彩蛋。"

"每年复活节前，我们都要和工艺美术厂合作，加工一批彩蛋出口，如果鸡能直接下塑料彩蛋，质量高，成本低，一定能迅速占领市场。"他们真想到一块儿了。一个是"瞎猫碰上死耗子"，一个是"小细菌碰上老母鸡"，正好是半斤八两。于是两家联合起来干。

事隔多日，合成化工厂刘副厂长带着荣城塑料制品厂的两位供销员，敲开了钱家的大门，说："这两位是化工厂APT产品的老主顾，因为近来许多生产APT的工厂都停产了，使用APT为原料的塑料厂都难为无米之炊。这两位也不知从哪儿听说您手头有APT，就托我引见。"钱丰一面答应对方保证质量、价格优惠，一面扭头看了一眼老刘大惑不解的狼狈相，心想："咱这叫来而不往非礼也，你化工厂侵占了我的鸡蛋市场，我养鸡场拿下你的塑料生意，咱们相互转产，1：1平局！"

《科普创作》，1990年第4～第6期，李正兴改编

袖珍晚报

迟 迅

每天放学回家，我就替奶奶取《行星晚报》。今天，只拿到一张邮票大小的纸片，上面印着密密麻麻的小黑点。我拿着放大镜，勉强看清了《行星晚报》几个字，只得向邻居王大夫借了显微镜，连猜带想地给奶奶读报。

《行星晚报》向读者声明：为节约纸张，缩小版面，又为了便于读者阅读，特制一批读报显微投影仪，可供函购。我又给奶奶读了其他消息：SOS百货公司的77号机器人对顾客不问不理，原因是机器人电力不足，百货公司员工忘了给77号机器人充电。

报上还登载着寻找丢失机器人的启事。由于电脑病毒流行，被传染的机器人呆呆傻傻，常常丢失。奶奶要我把消息放大在纸上自己看。这很费事又费纸，我说，还是打在电脑荧光屏上。奶奶说好，她还给报社打了电话，建议用电子计算机联网发行报纸。

《少年科学》，1990年第8期，方人改编

最佳程序

崔保华

摩尔福先生是A国CW公司的计算机专家，这次专程来中国，是应邀参加我们中心引进应用他们的PA软件成果评奖会的。

在评奖会上，评委会主任周大通说："在各级领导的关怀下，两年来，我们引进应用PA软件工作取得了丰硕成果。具体情况请几

位专家介绍一下。"

张总第一个发言："参加评奖的第一个程序是'地球引进外星水源决策模型'。大家知道，21世纪地球将严重缺水，因此，该模型对引进外星水源进行了可行性论证和决策……"

"太伟大了。"摩尔福先生激动地说。

紧接着，大家观看了"森林防护体系的计算程序"。该程序不仅在1秒钟内准确提供了世界森林的总体概况、森林周围的地貌等，而且还能预报森林火灾，消除火灾隐患。王总将情况介绍完以后，摩尔福先生赞叹道："奇迹，奇迹，真了不起！"

最后发言的是陈总："参加评奖的最后一个程序是'自动调节高级语言库'。它不仅能将上级的指示、意图融会贯通成你的发言，还能模仿每个领导同志的语态、语气甚至常用口头禅，使上情下达具有极高的保真度。有了这套程序，任何干部都不必再对自己的讲话、报告负责，因为你同上级保持一致，是由科学来保证的。此外，它还能随着形势的变化，在坚持总的原则的基础上，不断推出新的提法，避免听众产生老调重弹的厌恶感。"

刚才昏昏欲睡的官员们这时露出了很感兴趣的神色。摩尔福先生不解地问："这有什么意义？"

评选开始了。摩尔福先生第一个把最佳票投给了外星引水程序。沉默了半天，办公室王副主任说话了："我看那个什么语言库还是最实用、最方便，最能提高机关工作效率。"

表决结果，14比5的绝对优势，自动调节高级语言库获得了最佳程序的桂冠。

摩尔福先生的蓝眼珠都快气炸了："不可思议！这是对我们公司产品的极大污辱！"说完就气愤地离去了。

《机器人"疯狂症"》，中国青年出版社，1990年5月，修棣改编

相继消失

——追忆1984年4月26日

达世新

我和方方都是佳木斯一所中学的初二学生，在假期里，我俩滑雪远游至深山老林。在冰天雪地里，遇见美国总统里根。里根访问中国的时间正是这个时候，可他怎么会在这里？不可思议。我们跟踪里根来到一所小木房的窗下，发现他在按照录像学习里根的演说风格，原来这是个假里根。

突然方方大喊："快跑！"我回头一看，一个家伙手持匕首正向我扑来。我本能地闪身一避，急忙逃离，这家伙没追上我，返回了小木房。

危险终于过去，我和方方在另一座小山包上歇息。我们碰上了坏蛋，一定要把他们的阴谋弄清楚。不一会儿，一辆越野车顺着结冰的河道缓缓驶来。"这一定是他们的同伙！"我俩迅速来到河道附近，弄断了一棵枯树，挡住了汽车的去路。我趁车上下来的一个戴眼镜的人前去移开枯树之机，爬进了车底下藏好。车在小木房前停下，"眼镜"匆忙地走进小木房。我又来到了窗前。此刻，屋里传出"眼镜"的讲话声："你让那两个小家伙跑掉，太糟了！要把他们干掉！"我从窗子一角看进去，屋里有一架奇特的仪器，上面有两面圆形荧光屏。"眼镜"的手指在键盘上敲了几下，木房的房顶开了个天窗，一只飞盘状仪器窜出了天窗。右面的荧光屏跟着亮了，上面显现的是从空中俯瞰的不断变换的地面景象，渐渐景象不动了。哦，那正是我们先前歇息的地方，林边还露出了我们两人鼓鼓的背囊。"他们准是进入这片林子了，我们要把这片林子整个端掉。""眼镜"冷冷地说道。在他的操纵下，左面荧光屏亮了，又出现了跟右面荧光屏相同的景象。他在按钮上击了一下，荧光屏上的景象刹那间消失了，我不禁回头看了一眼，啊，我们先前休息的那片山林不见了，留下的只是赤裸的岩石层。

飞盘重又回到了屋里，房顶的天窗也关闭了。"眼镜"说："里根今日到上海，我们的行动就放在上海。等真里根一飞上天，你就放心走向他的下榻处，因为这时真里根已不在，而你又已经整容得和真里根一样。"三个家伙走出屋子，在几十步外点起了篝火，美餐起来。我趁机闪身进了屋，准备破坏那架仪器。岂料，房间里突然有喊声："水！……水！"这是从地窖里传出来的老人的声音。原来这位老人和麦克——假里根是叔侄俩，都是美国侨民，但他不知道麦克是个恐怖分子，老人是个天文学家，长期从事科学研究工作。最近他研制出一台消失器，不料被他侄子麦克一伙占用作恶，还把老人软禁了。老人见到我，忙说："快，我们要赶在他们前面动手！"说完老人立即去摆弄那台消失器。突然假里根在室外叫了起来："脚印！小孩儿的脚印！"他们顺着脚印找过来了。糟糕，我怎么忘记把脚印抹掉！正在危急之时，方方用计把坏蛋引开了。"砰！""砰！"枪声响了。我只见方方机灵地在半空中连翻了两个筋斗，又落在雪里，远远逃离不见身影了。待我回头再看那三个坏蛋时，他们也都不见了！连同他们烤熟的狍子和篝火！无疑是老人用消失器让他们全部消失了。

不大会儿，方方回来了。我们高兴地奔进小屋时，那架神奇的仪器竟被老人摔得粉碎！老人说："这架消失仪器我本想用来销毁地球上难以处理的核废料的，没想到却差点成为作恶的工具。在人类还不能善待自己的发明的时候，有些带有危险的重大发明，还是不让它问世的好啊！"老人的话，使我意识到以后应该从事一项伟大的事业，这就是能使人类的发明不再遭受罪恶侵害的事业。

《科普创作》，1990年第6期，李正兴改编

不该奇怪的奇怪故事

达世新

　　船上的旅客都沉浸在梦乡中。肖风正在看着船上服务员送来的电报。李所长来电报说，海峡大桥设计草图新奇又有价值，让他速回。肖风感到奇怪，他提交的大桥综合工程方案，已被李所长的"冷枪""毙"了，他因为搞设计疲惫不堪，才写信申请休假，信是交给儿子东东去寄的，会不会儿子在寄信时发生了特别情况。

　　肖风唤醒了儿子，东东说没有拆开过信，只是寻找过他自己画的画，在写字台下捡到了一张。会不会儿子把自己的画塞进信封，但这个想法很快被否定了。东东的画怎么会成了重要工程的设计图呢？肖风忽然又想起，儿子翻动过东西，或许把自己画过的桥梁设计草图翻了出来，被糨糊粘在信封上，一起寄给了李所长。

　　在避暑胜地待了一天，肖风便带着儿子回来了。肖风叫了辆出租车，经过交通建筑研究所时，让司机停了车，说要到办公室看看。他下了车，进了门，看见草坪上放着一长溜由小到大的白色圆球，大的有四五层楼高。看门老汉说，这些气球是根据他的造桥草图做的，正在做实验。肖风爬上一只大白球，大白球升腾起来，一阵风推动大白球飘到主楼楼顶的平台上，肖风像丢了魂似地爬了下来，回到出租车上。

　　第二天一早，肖风给李所长写了封信，说那幅草图不是他画的，这几天将在家里把假休完。信写完后，儿子东东说帮他去寄信，肖风把信交给东东，悄悄在后面跟着。

　　东东没有把信投进信箱，只见他乘上公交车，又换一辆，来到一幢大楼前，原来，东东直接把信送到了李所长家。李所长拆开信一看感到很奇怪，而东东要求他看看上次爸爸写的信。李所长把信取了出来。原来爸爸的信写在他画的图纸反面，那草图是东东画的。

这时，肖风也走进了李所长家。他把东东手里的信纸拿来一看，马上明白了，那幅铅笔画正是他儿子画的。李所长道："这是惊人的想象，我们常常被现有经验所束缚。"李所长又说，受这画的启发，制造了一种水泥气球，内充氢气。水泥气球两个并列串起来固定在海峡两岸，上面用一条高强度塑料路面连起来，成了一座悬浮长桥，造价低，抗风性也好。

肖风听了不知道该说什么，儿子东东对着父亲天真地笑着。

《少年科学》，1990年第8期，方人改编

驯虎记

达世新

磁悬浮列车在"天边城"站停住了，我在接站的人群中寻找好朋友"招风耳"的身影。我看到了一块写有我名字的牌子，便走了过去。啊，我吓得差点跌倒，那牌子不是"招风耳"举着，而是挂在一只活老虎的脖颈上。奇怪的是，周围的人并不显得惊慌，就好像身边是只猫似的。

这是怎么回事啊！"招风耳"，你在哪儿？"招风耳"是我父母出国讲学前送给我的一个机器人，负责照料我。它跟真人一样，还有一对大耳朵，所以我叫它"招风耳"。开始几个月，我俩过得愉快极了。可自从我和它一起读了《世界著名发明家的故事》以后，它就变得像有了什么心事，还经常一个人看书。有一天，它突然失踪，音讯全无。谁知过了一年后，它来了信，还夹了张车票，

要我到"天边城"去找它。

"嘿，阿达，老朋友又见面啦！"猛听有人叫我。

我扭头一看，原来是"招风耳"。我赶紧上前和它握手，它给了我一张名片，上面印着"天边城动物研究所特级研究员"的头衔。我心中霎时明白了："噢，刚才那大老虎跟你的研究有关啊？"

"招风耳"笑了笑："是啊。不过，这老虎不会咬人。"它把抱起我，把我放到那只老虎背上，自己也坐了上来，用手抖了抖缰绳，大老虎往前走开了。

我们来到一个交叉路口，大道两旁挤满了人，周围高楼的窗子里、阳台上也伸出了无数人头。大道中央正奔跑着一群老虎，每只老虎都拉着一辆两轮车，驾车的均是棒小伙，车上坐着各种各样的人，中国人、外国人都有。"招风耳"介绍：这是赛虎会，车上的乘客是从外地和外国来的采购员、商人，想采购些虎皮、虎肉、虎骨、虎血等。

"你们这儿怎么会有这么多老虎？"我奇怪极了。

"招风耳"说："在动物体内有好几种酶，但一种酶只能分解一种物质。牛能吃草，是因为它有消化草的纤维素酶，但老虎没有这种酶。我到了'天边城'，发明了一种针剂，注射给老虎，老虎就有了纤维素酶，变得能吃草了。另外，我又用细胞培养法让老虎大量繁殖，所以，这里的老虎跟牛羊一样兴旺啦。"

我随"招风耳"来到动物研究所。一进门，就接到几个可视电话，反映虎皮质量太糟，一拉就坏；虎肉味道不对，跟牛肉味差不多……采购商强烈不满，纷纷要找"招风耳"算账。

这下把"招风耳"吓坏了，问我怎么办。我急中生智说："你快跟我逃出天边城吧！"说罢，我俩仓皇向外逃去。

《儿童时代》，1990年第10期，庄秀福改编

翠绿色的肉

冬 华

防疫站收到不少群众来信，投诉牧场销售发霉变绿的肉和肉制品，我受命调查此事。

到牧场时已近中午，接待我的是场长老李。吃午饭时，端上来的菜全是绿色的，我正要问个究竟，老李却把话题岔开。饭后，他邀我到外面走走，只见牧场里所有的动物全身上下都是绿色的，绿的牛、绿的马、绿的羊……见我惊讶的样子，老李又领我参观了屠宰厂、肉食加工厂，到处都是溢香滴翠的肉。

正当我迷惑得不知所措时，老李终于向我揭开了谜底：现代绿色植物，是远古某些真核细胞吞食了蓝藻，在一定条件下，由于蓝藻没被消化而生存下来，继续进行光合作用，两个细胞最后融为一体而衍生出的植物。由此而引发老李的遐想，为何不能让动物的受精卵融合进蓝藻，培育出能进行光合作用的畜种？在多次试验失败后，他们终于培育出能够自身进行光合作用的畜种。

他指着周围对我说："我这里既可叫牧场，也可叫植物园。动植物的定义，在我这里已不那么确切了。"

《机器人"疯狂症"》，中国青年出版社，1990年5月，修棣改编

小萌的心事

冯中平

星期天一早，小萌来找我，她想胖一点儿，这使我想起三年前的往事。

那是个星期天，我到姐姐家去，见小萌在大吵大闹。原来小萌上中学后想减肥，先是节食，后来发展为厌食症，一提吃饭便大吵大闹。姐姐、姐夫正为此而发愁，我见此情况提出了一个办法。

我正在进行有关生物秤的研究。生物秤是动物体内所固有的一个质量指标密码，它制约每种生物体的脂肪量，在正常生活环境下，每个动物体都有基本的体重和肥胖值。生物秤具有一定的遗传性，但可以调节。我向他们介绍了调节生物秤密码的技术，不用节食就可减肥。

姐姐被我说动了心。我对这种普通的分子裁剪手术蛮有把握，姐姐和姐夫同意在小萌身上试试。小萌的手术非常成功，她成了一个苗条少女，饮食也恢复了正常。从此，调节生物秤的手术普遍推广，连中年妇女、老太太们也一个个身材苗条起来了。

可是，小萌为什么又想胖些呢？小萌说："大家都穿一样的衣服，再好的款式也令人乏味。"她的话有道理，千篇一律就失去了个性，没有个性就无所谓美。

《少年科学》，1990年第11期，方人改编

墓地采访手记

冯中平

这是由于尸体迅速分解实验引起的传统观念、伦理道德和法律法规的一场争论。

一天上午，绿茵公墓的一具尸体突然不翼而飞。当天，电视台播出了"HB小组"的几点声明：

"尸体失踪并非一般的刑事盗窃案，此事全部责任由'HB小组'承担。我小组研制出一种能促使有机体迅速分解和转化的材料，用它制成容器，在隔绝空气时，放置其中的有机体会连同容器一起迅速分解。我小组认为，对于一个失去了生命的有机体，腐烂和分解是不可避免的，对于生者和死者已无关紧要，尸体快速分解

绝非不人道的做法，由于尸体的快速分解对于保护环境、改良土壤十分有益，考虑到墓地的保留一般只对两代人或三代人有意义，几年后将墓地改造为城市的风景区，则是造福子孙后代的事情。据此，我小组选用绿茵公墓进行了这项实验。"

通过追踪采访，记者余波得悉：原来所谓的"HB小组"，是"环境保护小组"，它是由科学家、工程师、教授、工人和职员等一群热心环保的志愿人员组成的。他们中间有世界一流的发明家，有著名的社会活动家。5年前，他们买下这荒丘建公墓，为的是搞试验。

围绕这件事，人们议论纷纷，并引起了一场争议。这场争议，使人们回想起了半个世纪前试管婴儿的诞生，以及30年前关于安乐死的争论，在当时，这些都曾被看作是不道德的，甚至是犯罪的行为，而今天却变得很平常。现在又轮到尸体快速分解了，多么相似的历史重复啊！

采访虽然结束了，但争论还在继续……

《科普创作》，1990年第2期，李正兴改编

机器人"疯狂症"

郭 洪

冯林教授是当代最著名的电子学家，他设计制造了世界上最先进的第五代智能机器人。一天，"宏远"电子公司总经理紧急召见了他。原来，第五代机器人和以前的机器人不同，它们不用计算机控制，而是靠自己的电脑独自行动，电脑灵敏性极高。但是时间一长，有些就会发生故障，电脑程序一旦混乱，机器人就会失去理智，给人们带来危害，这就是最近很令人担忧的机器人"疯狂

症"。有的机器人发疯后将人打伤，毁坏物品；有的机器人上街胡闹，阻碍交通。顾客纷纷投诉厂家，要求采取措施。

几天后，冯林教授给总经理打了个电话，告诉他问题解决了。因为他已发现一种新射线，这种射线可使机器人脑部电路引起短路，冯林给它起名为RX射线。

傍晚，冯林教授上街买东西，突然看到饭店里的机器人服务员发了疯，经理束手无策。冯林见状，取出RX射线枪，对准它头部一扣扳机，这家伙立即倒在地上。

不久，大批RX射线枪被送到各个商店，销路极好。机器人"疯狂症"的危害逐渐消失了。

可是有一天，几个喝醉酒的小伙子在街上胡逛，拿起RX射线

枪打机器人取乐，他们的行径引起一些无聊分子的兴趣。逐渐，用RX射线枪打机器人取乐竟成了时髦活动，机器人吓得不敢外出。后来，出了一件更大的事，一伙歹徒潜入银行，他们用 RX射线枪击倒机器人警卫，盗走了巨款。

这几天，冯林教授桌上的电话整天响个不停，人们纷纷对冯林教授发明RX射线枪表示抗议，甚至还有人扬言要向法院起诉。冯林教授陷入了苦思……

《机器人"疯狂症"》，中国青年出版社，1990年5月，修棣改编

手术执法

郭惠光

形体外科医师王家仑完成了第一例全脑切换移植术，创造了一个合二而一的人体以后，又承接了第二例手术。

第二例受术者是中国宇航局著名女宇航家崔晓芳。就在银河3号载人飞船准备第九次在火星着陆之际，崔晓芳突然生命垂危，诊断结果是：脑细胞急性坏死，原因待查。王家仑根据航天局的请求，对崔晓芳实施换脑手术。他到千里之外的中原人体器件公司取来一个完整的大脑——女青年柳娜娜的脑组织。

手术进行得相当顺利，柳娜娜的脑组织在崔晓芳的颅腔中成活了。王家仑望着崔晓芳，心里不无遗憾地想：你不再是过去的你了！今后你将被柳娜娜的灵魂拖着去寻求另一个精神世界。

但是，当这个组合的人伤口康复后，却对王家仑说："王医生，我是崔晓芳，我有我的航天事业，至于柳娜娜是哪一个，那是您的事情。再见！"按照传统理论，支配崔晓芳躯壳的应该是柳娜娜的思维，而今天柳娜娜的思维却不起作用，王家仑百思不得其解。

　　银河3号载着换脑后的崔晓芳和她的丈夫王少青飞向太空！

　　一天，银河3号突然在电视节目中消失，王家仑也随之被"请"进公安厅。警官盯着他说："王大夫，事情很棘手！具体情况先请您看电视屏幕。"

　　电视录像中的银河3号飞近火星，前方出现A、B两个国家的宇宙探测船。崔晓芳突然取出一支大功率激光手枪击中她的丈夫王少青，然后驾着银河3号向A、B国的飞船发起了攻击。

　　警官关掉电视机后说："经调查你的手术刀被PPP国际犯罪集

团利用了。为了达到破坏和平的目的，他们将一位经过训练，自愿执行任务的'志愿者'C的脑组织与柳娜娜的脑组织调换了，你又把它组装到崔晓芳的颅腔中，使C控制了崔晓芳的躯壳。现在此人已被飞船的遥控机械手活捉了。这次请你来是与你商量，如何处置你创造的这个组合人。"

王家仑深深吸了一口气说："我马上准备第三次换脑术，给崔晓芳的躯壳换上一副高尚正直的人脑。至于C，终生剥夺其移植权利。当然，这要在我接到法院判决通知之后。"

《机器人"疯狂症"》，中国青年出版社，1990年5月，修棣改编

灭绝鼠患

郭　强

大厅里坐满了生物学泰斗。王思蒙走上讲台："从有人类开始，老鼠这东西就捣乱，但老鼠和人还算是能和平相处的。可是1个月前，南半球灾难性地出现了数以亿计的老鼠大军。鼠群过处，人畜尽成白骨，鼠疫、流行性出血热……有肆虐全球的危险。虽然人们使用了各种方法加以治理，但效果甚微。今天，我再贡献一个方案：

"猫头鹰以鼠为食，它的体内会不会有什么特殊的激素，使它如此痛恨老鼠呢？两个月前，我终于获得了一种名为'厌鼠素'的东西。为了提高灭鼠速度，我又把一种分裂能力很强的细菌三球菌放入厌鼠素中培养，两天后成功了。鼠体一感染上这种'厌鼠三球菌'，三两分钟内就会死亡，并继续传染到其他老鼠身上，该菌繁殖力极强，而且对人畜无害。"

王思蒙的方案实施1个月后，鼠群土崩瓦解，人类胜利了。就在

庆祝胜利之后半个月，世界动物保护协会宣布老鼠已成为世界濒危动物，需加以保护。1个星期后，该协会遗憾地宣布：老鼠已在地球上灭绝。

没有老鼠的日子会怎样呢？人们反而惴惴不安起来。

《机器人"疯狂症"》，中国青年出版社，1990年5月，修栋改编

生命贮存

寒 河

据斯德哥尔摩12月24日电：瑞典皇家科学院今天将诺贝尔生物学奖授予中国科学家夏青，以表彰他在活化生物石研究方面做出的突出贡献……

10年过去了。夏青的声望越来越高，而他却不无痛苦地告诉记者："我的成就是在没有成名之前完成的，当我成名后却变得一事无成。我已经没有科研时间，就是这样，还是不能安排好各种各样的社会活动，我将变成一个科学落伍者。现在我已着手开展一项生命贮存研究……"

又10年过去了，夏青看起来完全不像50岁的人。人们在纷纷议论他的研究可能成功了。一天，夏青独自来到中国专利局申请生命贮存的专利，并要求：这一专利只适用于对中国科学事业做出杰出贡献并名扬全国的人。他指出，实行这一限制的目的无非是让科学伟人的全部生活都贡献于科学事业。

据悉，生命贮存的原理是按自己的愿望，暂时中断自己的生命时间耗费，它虽然不能使人长寿，但由于减少了不必要的生命时间耗费，相对而言延长了生命。当你遇到无聊却又不得不参加的活动时，你就可以"贮存"生命。

据悉，生命贮存的方法是用一支银针来控制身体上的某个穴位，以此来达到目的。

最新消息，中央节约时间委员会决定授予生命贮存发明人——夏青10倍于诺贝尔奖的奖金。

《机器人"疯狂症"》，中国青年出版社，1990年5月，修棣改编

平 衡 球

黄继先

A国、B国和C国同时收到来自宇宙的神秘电波：一周后，蓝宝石星球上的飞碟，将送给地球人一件礼物，希望收到信息的国家及时提供降落场所。由于三国未能达成协议，飞碟船长波拉改变主意，自己降落在杳无人烟的沙漠上。当天，波拉挫败了B国阿尔脱斯上将企图代表三国劫取礼物的行动后，来到D国，将礼物送给农村少年罗卡。

外星人送的礼物是平衡球。用它能孵出10只脚的宇宙蜘蛛，这蜘蛛吐出的丝能产生神奇的"原物奉还"作用，可抑制不健康思想的产生并保持宇宙平衡。为了保护罗卡与平衡球的安全，波拉还送给罗卡一根约2米长的透明银丝，并用布缠在他头上，波拉说："这就是用阴阳宇宙蛛丝绞成的平衡丝，把它缠在头上能保持身心健康，还能在缠丝者之间产生心灵感应。"

这天，罗卡回家晚了。父亲不由分说，就怒气冲冲地拿起竹板向罗卡打去。只听见"哎哟"一声，这可不是罗卡在叫，而是父亲在叫。接着父亲又对罗卡一阵猛打，奇怪的是，罗卡仍没有痛感，而父亲却哇哇叫痛，此时罗卡想起了平衡丝有"原物奉还"的作用，于是将自己的奇遇从头向父亲说了一遍。

　　老罗卡打开盒子，里面放着两只球，一只像鸭蛋，一只像鸡蛋。说明卡上写着："将平衡球在6000℃的条件下孵化，几小时后成为幼蛛，几日后幼蛛成长，置于-280℃的条件下让其吐丝，此丝绕于人体，可将人间不平事变得和谐、平衡。"老罗卡趁儿子不注意，用鸡蛋换出一个平衡球，然后给市长挂了电话……

　　次日凌晨2时，一位全副武装的军官向老罗卡宣读国家元首的密电，并带走了平衡球。7时整，市长受元首委托来接平衡球时，方知老罗卡上当受骗，平衡球不知去向。半年后，B国发生政变，阿尔脱斯夺取政权，当上了总统。后又借口进攻C国，随后又把目标对准A国。老罗卡从阿尔脱斯登基的标准像中，认出他就是骗走平衡球的强盗。后来父子俩把另一只平衡球交给了政府。不久，D国也生产出平衡丝，由于没有阴阳交合，未起到"原物奉还"的作用。

　　罗卡来到B国，要求会见阿尔脱斯，由于他有平衡丝保护，所有伤害他的卫士都适得其反。罗卡与阿尔脱斯据理力争，终于使其面红耳赤、心跳加速、冷汗淋漓、瘫倒在地，只得向罗卡坦白交代了他几次抢劫平衡球的罪行。

　　　　　　　　《儿童时代》，1990年第3期，李正兴改编

人　狗

黄胜利

　　一天晚上，动物智能研究所所长罗峰和武警总队少尉躲在图书馆内的自动检索机后，静待罗峰的狗欢欢出现。为这只狗他花费了7年的心血，在它出世前，罗峰给欢欢的母亲不断注射复合肽，彻底摧毁了母狗的健康，但这只唯一活下来的幼狗欢欢，却由此得到灿烂的前途。

　　欢欢大脑的47个功能区全部超常发育。在直径仅有十万分之一厘米的大脑神经元上，突触异乎寻常地多。欢欢3个月时，已能识别"狗"字。一周岁生日那年，欢欢动了第一次喉部手术，这带给它巨大的痛苦，接着做的是舌部和唇部手术。第六次手术后，它变得忧郁了，尽管能较好地发声，但它更愿意保持缄默，不久，它失踪了。

　　突然，在图书馆的窗边出现了一只毛色脏乱、伤痕累累的野狗，它的前爪压在已翻开的书上。少尉举枪对准此狗。

　　"别开枪！"罗峰扑过去。

"不许……来！"这是非人的声音。

"欢欢，跟我回去，我们不是朋友吗？"

"不回去！我们不是朋友！朋友……我们和人类从来就不平等。看着人写的书，从17世纪到19世纪，人灭绝了75种动物……让我有人的思想，却留下狗的身子，狗们也对我……你，想让我像狗一样思想，不讲人类话？"

罗峰无奈地摇头。

"那就杀……我！"

"不，宁可杀我自己。"

突然，欢欢一跃而起将罗峰撞翻在地，锋利的牙齿对准罗峰的咽喉，枪声过后，一切都平静了。

少尉反复审视罗峰的颈部，什么伤痕也没有，他感到很奇怪。

罗峰已经明白，欢欢只是要自杀。

他抱起欢欢，失声痛哭。

《机器人"疯狂症"》，1990年5月，修棣改编

神奇保生丸

季 浩

两位化学家的名字分别叫作周而全和全而周。尽管他们从来没有事先商量过，但他们搞的研究工作始终是互相补充的。而周发明了一种染色剂，无论是哪种针织物，染上就不褪色。同一时刻，而全发明了一种漂洗剂，无论是多么深的颜色，只要是染上去的，包括用而周发明的染色剂染上的，它都能完全洗掉，恢复织物的本色。人们从此既不怕染也不怕褪，他们也因此而名利双收。

前不久，而全、而周两人又各自钻进了自己的实验室，开始鼓

捣什么新玩意儿。一天，而周忽然跑出实验室去找而全。两人一见面，而周抢先说："我发明了一种新药。这种药进入人体，丝毫不损害人的正常细胞，却能杀死任何细菌、病毒，以至畸形发展的细胞，例如癌细胞。这种药是根据分子生物学原理起作用的，我给它取名叫灭毒素。"

而全反问而周："那么，那些患有先天性细胞畸形的人，不是都要成为你的药下鬼了吗？还有那些有益的细菌，例如大肠杆菌等，不也成了无辜的受害者吗？你大概已经猜到了，我发明的药恰恰可弥补你的不足。这也是一种按分子生物学原理发挥作用的药，名字且叫修补素。它的功效是修补人的畸形或缺损的细胞，使它们恢复正常。至于有益于人类的细菌，我那里应有尽有，而且都制成了特殊的片剂。等你的药显过神通杀灭细菌病毒后，再补充我的片剂就好了！"

"可是怎么才能保证人们服药次序不发生颠倒呢？"而周自言自语。"我想，我们就如此这般地解决吧！"而全谈了他的打算。

不久，市场上推出一种新药。在一个永不破碎的玻璃盒内，只有一丸药，它叫神奇保生丸。实际是修补素在外层，灭毒素在中间，益菌素在里层。它们依次被人体吸收，按照精确的时间顺序相继发挥作用，保管万无一失。从此，人们视各种病毒和细菌如草芥，连艾滋病病毒也销声匿迹了。

《机器人"疯狂症"》，中国青年出版社，1990年5月，修棣改编

奇特的合成脑

季 浩

小慧老师带着忐忑不安的心情走进教室，总感觉脑子里似乎多了个什么东西。是的，那是昨天上午孙大夫给植入的一张巴掌大小、玻璃纸似的薄膜，直接贴在大脑表面，无数根神经纤维伸进了薄膜。

小慧今天的课讲得特别顺利。全部要讲的内容，不间断而流利地从嘴里涌出来，思想高度集中，逻辑非常清晰。

这无疑是孙大夫的发明在起作用。一个星期以前，小慧的大脑在一次车祸中受到严重损伤，只会呆呆地凝视探望她的人们，没有任何反应。孙大夫仔细地检查了她的大脑，发现她的控制系统大部分丧失了功能，决定把他发明的人造控制系统植入小慧的大脑。

小慧下课后径直走进孙大夫的诊所，问道："今天的课讲得比以往都好，大夫，这是怎么回事？"

　　"这主要是我在你的大脑中植入了人造控制系统。它的连接是用神经纤维，电源是你的脑电。这个人造系统和原有的控制系统功能是一样的，但效率和准确度都不同。因为人造的系统很少受情绪和疲劳的影响，所以效率高。同时，人造系统没有模糊概念，工作十分准确。你的思维逻辑性会增强，而且不会忘记什么东西。"

　　"优点的反面是缺点。情感作用的减弱会使你变得冷酷无情；不知疲劳的控制系统指挥，会使你的大脑及其他系统和五脏四肢疲劳，还会损害你的健康，你会成为好斗的人；还有……但你不必担心，你不存在上述缺点，因为我在给你植入人造系统时，保留了原来的控制系统的残存部分。这两个系统同时存在的结果，将使你有可能成为超人。"

　　"我才不想成为什么超人。"小慧轻快地踏上了回家的林荫路。

　　　　　《机器人"疯狂症"》，中国青年出版社，1990年5月，修棣改编

待　遇

焦国力

　　他喝下一口酒："老太婆，我们这艘飞船是一艘超光速飞船。坐上这种飞船，在太空飞行1天，地球上就已经过了1年啦，这次出去几天，回来时，地球上的人已经过了五六年了。"

　　她的脸色一沉："五六年，女儿的婚事你还管不管了？"

　　女儿的婚事实在让人头痛。女儿小丽看上了年龄比她小3岁的小S，可小S偏偏不同意，但小丽非小S不嫁。再过五六年，小丽都快30岁了，到那时想另觅良人也困难了。

　　"这次飞行我一定得去。至于小丽，争取让她也一起去参加这次飞行，她的婚事也就不愁了。"他对老伴说。

他立刻打电话给所长："明天上午，我们是不是再研究一下参加航行人员的名单？"

"名单不是已经确定了吗？"所长问。

"这个名单还有很多不合理的地方，小王只是按几个按钮，这个工作完全可以由小丽担任，因为她在大学学的是电子学。"

所长觉得他的要求有点过分，但考虑到他是快退下来的人，还是迁就了他。

他放下电话，看见老伴在流泪。她抽泣着："你们都年轻了，可我本来就比你大3岁，等你回来，就比你大9岁了。这可怎么行！"

"……"他怔住了。

《机器人"疯狂症"》，中国青年出版社，1990年5月，修棣改编

流　放

晋　川

电脑工程师陈聪被派往天狼星进行业务考察，他驾驶的宇航船刚离开大气层就出了毛病。宇航船忽然左右摇摆起来，推进器冒出了一股黑烟，他转动电脑上的燃料系统调节旋钮，推进器爆发出一团火光，然后裂成无数碎片。"电脑故障。"他想。

突然，他发现左前方有块陨石飘过来。他打开紧急避险装置，不料不但没有避开，反而朝陨石撞了上去，宇航船擦着陨石的边飞了过去。这时幸好有艘救生艇从附近区域经过，接到呼救讯号后赶来，给飞船装上了新的推进器。

在剩下的飞行路程中，电脑不断发生故障。他经历了九九八十一难，好不容易才到达天狼星。降落后，他第一件事就是看看宇航船装的是什么电脑。陈聪一看电脑懊恼万分，原来里边

装的电脑是他负责设计生产的，为了捞钱，他压缩了工序，偷工减料。

他下了宇航船后又一次目瞪口呆，这里荒凉、寂寞，没有一点生命存在的痕迹。他走进航天中转站，在联络器里有一张自动记录卡，上面写着由于陈聪在电脑设计生产中不负责任、玩忽职守，致使空间事故不断发生，造成严重危害。按照《地球经济法》724条的规定，他必须在荒无人烟的天狼星度过5年流放生活。

《机器人"疯狂症"》，中国青年出版社，1990年5月，修棣改编

幸福之星

金　涛

我从事专利登记工作已20年了。一天早晨，眉开眼笑的宇宙开发公司张总经理，兴冲冲地踏进我的办公室。

"找你们申……申请专……利来了，"他似乎难以抑制内心的狂喜，"我们公司第一个发现的，也是全世界第一家申请专利的。"

事情发生在今天凌晨4时03分，他们在金牛星座的文星附近发现了一颗从未见过的小行星。经光谱分析，那颗体积约0.5立方千米的星体竟是纯粹的金刚石，价值连城。

正在这时，电传机的电话铃响了起来，我拿起话筒，传来的是誉满全球的女强人赵总经理的声音，好似从太空传来，"什么，你们也发现了？"顿时张总经理神色大变，像泄了气的皮球。那颗太空的钻石星，在同一时刻——凌晨4时03分，S城的银河开发总公司，也用最先进的射电天文望远镜发现了。赵总经理打电话来，不仅提出申请专利，而且马上乘飞机赶来了。

接下来的日子是紧张的谈判。唇枪舌剑，讨价还价，足足折腾了1个多月。

结果是握手言欢，愉快地签署了共同开发"幸福之星"的协议。宇宙开发公司提供航天飞机，双方各派4名宇航员，银河开发总公司负担60%的发射经费……但事情并未就这样结束。

一天，儿子岚岚拉我看电视。忽然，在电视荧光屏上，我看到了宇宙开发公司在发射航天飞机，并飞快地奔向那颗金刚石小行星。蓦地，像发生了爆炸，一束炽热的白光射向"幸福之星"，刹那间，石破天惊，火光四溅……电话铃声响了，赵总经理嚷道："他不仁，我就不义！不是说好双方各派4名宇航员吗？白纸黑字未干，他就偷偷发射，没门！我们的激光束已把'幸福之星'变成石墨了，让姓张的去开发吧……"

《机器人"疯狂症"》，中国青年出版社，1990年5月，修棣改编

拖冰山的孩子

晶 静

哈哈、聪聪撵着狗拉雪橇在追赶憨憨。憨憨的雪橇停了下来，原来是黑人小姑娘丽丽在呜呜地哭泣。原来，丽丽家在闹旱灾，爷爷饿死了，弟弟、妹妹在受罪，爸爸在南极考察。

憨憨和哈哈想不出办法，瘦精精的女孩聪聪想出了拖冰山的办法。丽丽问："怎么往非洲拖冰山呢？"聪聪朝码头上停靠的企鹅号海洋考察船瞟了一眼。哈哈、憨憨连声说好，一块合计起来。

企鹅号轻快地在南大洋向北驶去，老船长在甲板上巡视着。一只打开的集装箱里窜出一只北极犬，又冒出四个孩子。船长正在发懵。哈哈已跳出了集装箱，把他们决心帮助丽丽，要拖冰山救灾的

想法，向船长说了一遍。老船长被感动了，他按孩子们的要求，给他们的家长发了电报，说孩子们趁暑假随船勤工俭学。

拖什么样的冰山呢？聪聪说拖像海豚、鲨鱼那样的冰山，流线型，阻力小，又不易翻倒。船长让企鹅号靠近"冰海豚"和"大冰鲨"两座冰山，用捕鲸炮射出带箭的大铁链，这样，两座冰山紧紧尾随企鹅号，缓缓前进。

企鹅号快到赤道了，冰山在悄悄融化，船长忧心忡忡。聪聪让船长驾直升机带她飞上蓝天。原来聪聪的妈妈正在研制凝冰剂，聪聪临来前揣了一大兜带上船。现在，聪聪从飞机窗口向冰山喷洒凝冰剂，粉红色的雪花飘飘悠悠地落在两座冰山上，凝成一片，紧紧裹在冰山上，使冰山不再融化。

企鹅号拖着两座冰山驶进了内海，聪聪和丽丽，哈哈和憨憨分别登上"冰海豚"和"大冰鲨"冰山，充当观察员，避免冰山撞船触礁。

夜幕降临时，海面上刮起了风，丽丽听见大铁链的脱落声，慌忙用对讲机向船长报告，不巧脚一滑，落入海里，聪聪去救援，也被拽进大海。

船长下令放下救生筏，但是到哪儿去找两个落水的小姑娘呢？憨憨的北极犬跳进大海，把她们一一救起。

当企鹅号将冰山拖到丽丽的故乡，灾民们纷纷开着水车、顶着水罐来到海边。可是冰山不融化。这时，一架飞机向冰山飞来，把一种蓝色晶状物洒在冰山四周，冰山很快融化了，冰水流进水车和水罐。

这是怎么回事？原来，哈哈在前两天就请船长给聪聪的妈妈发了电报，让她带融冰剂来融冰。

冰山在融化，拖冰山的孩子们美滋滋地笑了。

《少年科学》，1990年第4期，方人改编

爱的工程

晶　静

　　我去龙宫游览，遇见导游延延，她是北方海洋大学的学生来勤工俭学的，她长得很像我的孪生妹妹双双。

　　20年前，我与双双从海洋学院毕业，一起参加海底游乐城的勘测。带我的是顾思海，而双双则成了林松的助手。双双智力超常，在林松帮助下，搞了许多发明创造。他们还计划用海豚管理海底牧场，用遗传工程优化海生动物。正当他们事业顺利发展时，却发生了意外：双双的一条腿被恶鲨咬断，由于伤势过重，几天后便离开人世。林松由于过度悲伤，调离了研究所，后来竟精神失常。

　　我跟顾思海结了婚，生了个儿子，为纪念双双与林松，儿子取名顾双松。儿子说导游延延跟我长得一模一样；顾思海也说，延延与双双、林松有某种关系；我也想知道延延的身世之谜。儿子告诉我，他与延延有个约会，我大吃一惊。为弄清延延的身世之谜，儿子要我参加他们的约会。延延告诉我，她爸爸姓程，是个医学博士，她从小在父母身边长大。正巧延延的父母来这里度假，我见到了程博士。程博士把一本日记本交给了我，说秘密在日记本里。

　　这是林松的日记本。原来，双双临终前想活下去，林松提出一个延续她生命和智慧的设想，双双同意了。就这样，程博士开始了"爱的工程"研究。程博士从双双、林松身上取出体细胞，在实验室进行无性繁殖，在人造子宫内孕育小生命——延延。

　　现在，我知道了延延是双双和林松的生命结晶和延续，怪不得她与双双长得一模一样。程博士还告诉我，在实验过程中林松的大脑神经受到损伤，但可以帮助林松恢复正常。延延知道了林松是自己的亲生父亲，愿意从自己的大脑细胞中，提取某些基因，植入父亲大脑，使他获得新生。而把林松大脑中沉睡多年的一些基因植入延延大脑，可使延延获得另一种新生，成为年轻有为的海洋科学家。

半年后"爱的工程"获得了成功，林松恢复了正常，延延安然无恙。程博士还告诉松儿，延延是基因工程造就的，不存在近亲血缘上的冲突，他俩可以相爱。

《奇谈》，1990年第5期，方人改编

鸿　沟

荆　松

公元2856年爆发了一场震撼全球的"机器人反歧视、争取平等权利"的运动，从此，机器人取得了与人类平等的权利和地位。但尽管如此，机器人仍然不肯在大庭广众之下透露自己的身份。

M小姐年轻漂亮，在"地球灾难监测救助中心"工作。在当今的高科技时代，年轻人开始为满足心灵上的需求而寻找自己的伴侣，M小姐心目中理想的伴侣是人。Y先生年轻而且风度翩翩，是该中心的智囊人物，颇吸引M小姐关注的目光。一次偶然的机会她得知Y先生原来也是个机器人，这使她大失所望。

今天，中心发出紧急联络信号，在屏幕上M小姐看到Y先生。"小姐，有一个坏消息告诉您，整个人类正面临一场大劫难，我们的'老博士'正以疯狂的速度清除它所贮存的信息，要不了多久，人类历史将变成一张白纸。请速来'老博士'机房。"

"老博士"是B型机器人。人们把世代积累的知识毫无保留地交给老博士。几百年来它为人们提供着令人满意的服务，可近年来，现代机器人身上发出的情感电磁感应，使它产生孤独感。没有爱情只有工作的生活使之愤愤不平，作为抗议，它开始固执地清除所贮存的知识，中断与无数现代电脑的通信联系。这是一场空前的灾难，专家们一个个愁眉紧锁。

C博士首先打破沉默："我看只有立即切断它的能量供给。"

L教授说："这太危险！关机瞬间产生的能量冲击波，很可能诱发它的紫外光辐射消除所有存贮。"

Y先生说道："要消除此灾难，需要一个高智商的机器人，把它自身的全部信息输入'老博士'的控制单元，和它融为一体，永远和'老博士'生活在一起。这副重担应由我们中的机器人来承担。"

一阵沉默。C博士和L教授相继说："我不是机器人。"Y先生低垂着头，猛地坚定地说："我去！"M小姐为Y先生高尚的人格所震动。这时才意识到，她所爱的应是真正的男子汉，不管他是不是机器人。她脱口大叫一声："不！我想我去更合适，'老博士'更需要的是女性。"

从此，机器人与人之间的鸿沟不复存在了。

《机器人"疯狂症"》，中国青年出版社，1990年5月，修棣改编

渔　友

苦作舟

为"三三一"汽车谋杀案而做的哑巴催眠试验失败了。催眠师L抱怨地向刑警队长M说："世界上最伟大的催眠师也不能使哑巴开口讲话，我实在无能为力。"

M问："请问催眠术的作用是什么？"

L说："在于唤醒被术者的潜意识，她的脑海会重现逝去的景象。可惜女哑巴不会说话，无法告诉我们。"

M说："我们已记录下了她被催眠时的脑波信号，我们能使这些信号变成图像。"

M请催眠师L一起到思维模拟反馈试验中心去。

在思维模拟机前，试验员将哑巴证人的几种不同思维过程输入电脑，再输入被催眠时的思维，随着试验员的调整，屏上图像出现：

树丛中，一辆卧车清晰显现；接着车号也出现了，DE89±482810。

M自语道："我好像和你一起乘这车去钓过鱼。"

屏幕上，两个男人将一具尸体扔进坑内。其中一人是催眠师L。

M问："老朋友，这车是你的吧。"

L沮丧地低下头："M，看在多年渔友的情分上，你能考虑算我自首吗？"

《机器人"疯狂症"》，1990年5月，修棣改编

折 腾

邝 薇

世界长寿研究会专门寻求抗衰老新药物，以满足那些渴求长寿的人们的愿望。

"我拥有了令人羡慕的财产，而我还来不及享受，生命却快要结束了。假如我能多活几年……"

"我只和那失去父母的孙子相依为命。要是我死了，那可怜的孩子怎么办……"

"我和我的丈夫生活得十分幸福美满，我多么不愿意因为我的死而失去幸福啊……"

一天，世界长寿研究会获悉M国的L教授发明了一种新药，可以把人的寿命延长到300岁。各国报纸、广播电台、电视台报道了这一最新消息。人们欢呼庆贺，不久以后世人全都使用了这种新药物。

年过200岁的L教授仍在坚持工作。最近他又研制了一种新药，能使人的寿命延长到500岁。研究会会长获悉后并不高兴，他请L教授看群众来信。

"只要我还活着一天，我就会用这一天去拼命赚钱。生命长短也就无所谓了。"

"我的孙子长大后，独立生活去了。想到今后将孤独生活，我

还不如死去……"

"我和丈夫离婚了。因为我们双方都不再珍惜这漫长的夫妻感情。"

报纸上刊登着一则消息："科学家们发出严重警告：100多年来，世界人口死亡率极低，地球上已人满为患。不消多久，地球资源将消耗殆尽……"

L教授不愧为伟大的科学家，他很快又发明了恢复人们原来寿命的新药，人们听到这个消息无比激动。

很多年以后，当过去的一切被人遗忘，人们又开始了对长寿的热情追求。

人啊人，你到底要什么？

《机器人"疯狂症"》，中国青年出版社，1990年5月，修楝改编

来自外星的微笑

李一然

S星球上，星球集团饭店董事长对属下说："目前我饭店唯一缺少的是服务员对宾客的微笑，这个问题必须立即解决。"在W博士主持下的"微笑科研项目"开始了。40天后，W博士研究出一种微笑细菌，它可随空气进入人体并永远生存。你只要奖给服务员金钱，就可达到服务员始终对宾客微笑的目的。这种细菌进入人体后，便处于休眠，它的活动需要引力诱发，其有效范围仅1米。

董事长异常兴奋，立即命令在A饭店试验。7天后，A饭店报告：试验成功，宾客猛增。董事长立即指示在整个集团饭店内推广。

正当董事长得意时，各饭店送来意想不到的报告："本店宾客数量下降为零……""电视台报道本店服务质量恶劣……""医学

院指控我店雇用精神病患者……"

　　正当星球集团饭店准备换掉所有服务员时，一场全球性的灾难出现了。原来"微笑"细菌数量随着人对金钱欲望的增强而成倍增长，当人的身体容纳不下日益增长的细菌时，一些细菌便寻找新的宿主。结果，S星球80%的人都带有这种细菌，他们从早到晚笑个不停，无法工作、学习。

　　为此，S星球上未染上这种细菌的科学家，决定共同研究解决这个问题的办法：将所有饭店整体运到S星球的卫星上，运送工作结束后，S星球的人恢复正常的生活。

　　几万年后，天文学家观测到一颗小行星正向S星球飞来，为避免灾难，全体居民移居到一个尚未被开垦的星球上。

几千年后，那颗小行星同S星球相撞，S星球的卫星也一同化为灰烬，当然也包括有诱发"微笑"细菌活动引力的饭店。宇宙尘埃向四处飘落，其中一部分降在S星球居民移居的星球上。结果，休眠了几万年的"微笑"细菌又有了宿主，一种违心、虚伪、为金钱的微笑，在这个尚未开垦的星球上出现了。这个星球的名字，就叫地球。

《机器人"疯狂症"》，中国青年出版社，1990年5月，修棣改编

圆　牛

刘后一

女朋友孙素琴也是我的老同学，从北京大学生物系毕业后，她进入未来动物园工作，后来当上了新动物创造室主任。而我呢，却当上了《科技日报》的记者。

一天，她打来了电视电话，告诉我她经过10年辛苦研究，又有了新创造，希望我是第一个采访者。接了电话，我立即向总编室报告我的行踪，然后赶赴未来动物园。一到那里，素琴就领我走进办公室，给我倒了一杯牛奶，介绍说："这是杯低脂肪、高蛋白的牛奶。"

为了看她的新创造，我跟她来到绿草如茵的广场上。只见一堆堆绿色的半圆球，整齐地摆在那里。这些半圆球极像"蘑菇"，它的直径足有2米，表面包着一层绿色皮膜，皮膜上每个毛囊里都长着一根绿毛，这是植物无疑了，再仔细一看，原来是一头牛。奇怪，怎么没有牛角和牛腿呢。

素琴解释说："这是肉奶用牛，坚硬的牛角、长长的牛腿有什么用呢？让它长成圆球形，可以在小的表面积里长出较多的肉，所以我

们叫它'圆牛'。你刚才喝的牛奶就是从它们身上挤出来的。"

忽然,我发现好几头圆牛身上都长着椭圆形肉芽,不禁又问:"怎么,这些牛生了肿瘤?"

"不,那是它们的小犊子,等它们长圆了就脱离母体,独立生活了。所以它们繁殖得很快。"

"可是,这么大的牛,它们的肉好吃吗?"

这时走来了一个炊事员。他举刀从一头圆牛身上割下一大块肉来,放在篮里提着走了。

没等我提问,素琴给我解释:"圆牛的细胞再生力极强,虽然割掉一大块肉,但很快就会长好的。"

中午，我们在食堂吃了红烧牛肉，嗬，真是鲜嫩极了。

《机器人"疯狂症"》，中国青年出版社，1990年5月，修棣改编

如愿以偿

刘继安

为了佳妮，我离开了嫌贫爱富的父母，被迫中断学业，为生存而奔波。下周三是佳妮的生日，送什么礼物？我只剩25美元，孤注一掷买了张电气公司的彩票。

两天后的夜里，一台自动机器走进我的卧室，它会说话，说我中了奖，得到的就是这台超级计算机，它叫纳克。纳克说可以帮助我实现任何愿望。我的第一个愿望："我要一大笔钱！"很快，纳克打印出一排指令。

按照纳克的指令，我将"大众"牌破车开到一片空地上，扯断刹车软管，就回到家静候结果，3天中我足不出户。到了佳妮生日那天，我收到一张20万美元的支票，是一家保险公司签发的。一辆破车被盗，怎会值20万美元？我管不了那么多了，奔到街上，为佳妮买了紫貂大衣，还想陪佳妮去度假。

我赶到学校，才知道佳妮3天前因车祸住进医院，肇事凶手是两个孩子，他们偷盗的就是我那辆破车。由于佳妮3个月前花10美元买了张意外事故保险单，受益人是我，这样，20万美元支票到了我手中。

回到家，纳克向我祝贺如愿以偿，我气得踢了它一脚。我该怎么办？医生说，能救佳妮的唯一办法是给她做心脏移植手术。于是，我向纳克提出第二个愿望："要求让佳妮活下去，要一个心脏！"纳克打印出的指令是让我卧铁轨。

　　天那，它叫我去卧轨！我毫无办法，只得照办。中午12点，我到了地铁站，13次特快列车将驶来，我纵身跳下站台。警察赶来，命令我立即上来，我没有从命，警察立即通知进站列车紧急停车，高速列车在距我几米远处停下，警察要以破坏交通罪逮捕我。这时隧道巡路员冲了过来，说前面发现一个反坦克地雷。这样，几百名旅客由于我的卧轨而得救，我成了英雄，赞美信雪片般飞来，但没有人表示要献出心脏，佳妮奄奄待毙。

　　正在我失望之际，一个志愿者自愿捐献心脏，他是奎恩·罗伯特，就是那个预谋炸车案的凶手迪安·罗伯特的亲哥哥。奎恩是个

放高利贷的人，他乘13次特快列车来向迪安催讨高利贷，迪安从地下军火市场搞了个反坦克地雷，想通过炸列车来炸死奎恩。奎恩自知罪孽深重，为使灵魂得到拯救，便立下遗嘱，愿将心脏捐献给佳妮。当晚，奎恩回到家，用猎枪自杀。他的遗嘱得到执行，佳妮成功地进行了心脏移植手术。

佳妮恢复了健康，但却变成了另一个人，像一个放高利贷的人那样刻薄、自私。我付清佳妮的医疗费用，用尽了保险公司支付的赔偿金。医院告诉我，那个捐献心脏的奎恩，被确诊患了晚期膀胱癌，才决定自杀，献出心脏，想换取进入大堂的门票，进行最后一次人生交易。

经历这番折腾后，我落了个人财两空的下场，我对纳克提出最后一个愿望："我要彻底摆脱你！"纳克对我发出口头指令："从摩天大楼上跳下去吧！"

《奇谈》，1990年第3期，方人改编

地下冰宫探险

刘继安

林晶晶是一个不爱学习的孩子，期末考试却出现了奇迹，他的每门功课全得满分。老师们惊呆了，校长突然想起，晶晶爸爸是个大发明家。

学校放暑假了，老师把了解晶晶秘密的任务，交给明明。还没等明明开口，晶晶就把一切秘密都讲了出来。原来晶晶的爸爸林博士研制的人工智能系统，能把人类各种知识浓缩在一个特殊的电磁信号里，通过一个生物电磁装置，感应给人的大脑，使人能在很短时间内掌握大量科技知识。晶晶就是这台奇妙机器的第一个使用者，因此创造了奇迹。

明明问晶晶，怎样使用这些不劳而获的知识呢？晶晶说他要探险去，要明明一同去北美探险。明明答应了。三天后，两个少年乘了太阳能飞行器来到波士顿电脑资料信息中心。晶晶熟练地操作一台台超大功率计算机。原来他们要去太平洋上的一个岛屿，这是八十多年前的一个科研基地，晶晶已经得到了进门的"钥匙"——一台电脑激光数控仪器。

晶晶和明明来到岛上，这里全是怪石秃岩和奇异草木，在巨大的山洞前，铁门紧闭，晶晶掏出激光数控仪，按下电钮，铁门打开了。两个少年穿过狭长的走廊，向深处走去，来到中心控制室，这里寒气逼人。原来，这是100年前的一个试验基地，试验完成后，所有人员都撤走了，有三名自愿留下开始了一个新的试验。

晶晶在操作台前工作起来，监测屏幕上出现一个画面：一个巨大的透明容器中，躺着三个裸体少年。晶晶忙了几个小时后，三个少年醒了，原来这里在进行人体冷冻试验。

三个少年醒来后不知所措。晶晶用世界语与他们侃侃而谈。这三个少年是20世纪80年代的智力超常少年，主持这个试验的科学家建议，把生命冷冻起来，让他们的天赋在100年后发挥作用。由于长时间的极低温作用，他们的大脑相当迟钝，当他们明白自己已来到21世纪，很担心自己无法适应。

晶晶说，通过他爸爸发明的知识传感器，可以很快获得大量科学知识。三个少年惊喜地流下热泪。

五名少年还未离开中心控制室，灾难突然降临。由于晶晶突然启动试验场，扰乱了控制系统，室内温度骤然下降。晶晶启动大功率的电磁微波加温机，温度渐渐回升，逃过了被速冻的厄运。突然，晶晶双眼发黑，栽倒在地。

原来电磁微波加温机把控制室变成了一个大磁场。晶晶那磁录了大量知识的大脑被消了磁，满脑袋的高精尖知识消失了，成为一片空白，他哭着要回家。

地下试验大厅的门紧闭着，知道了控制程序才能开启大门，那三个20世纪的神童熟悉这里的一切，但由于长期冰冻，智力下降，已不能胜任了。

明明利用学校学过的电脑知识，设计、编制了开启大门的数码程序，终于得到了出门的"钥匙"。为尽快脱离险境，明明又给电脑加上一条"紧急离开"指令。一声巨响，一条传送带将他们送出控制室，四个少年被弹射了出去，正好落在一个充气的气垫上。

明明从气垫上坐起，发现晶晶不见了，他连忙向洞口奔去，铁门紧紧闭着，他突然眼前一黑昏倒在海滩上。

当明明醒来时，发现自己躺在病床上，也得知晶晶已被他爸爸林博士救了出来。林博士是从波士顿电脑中心那里得知儿子的踪迹，才赶来营救晶晶的。由于晶晶经过磁化、消磁，又经受极低温冷冻，脑细胞受了损伤。林博士后悔自己发明的知识传感器被晶晶用到了不该用的地方，才惹了麻烦。他感叹地说，任何想接受知识传感的人，必须先掌握坚实的基础知识。林博士还要求少年们开动脑筋，攻克知识传感器被意外消磁的难关。

《少年科学》，1990年第5、第6期，方人改编

出　逃

刘　杰

"博士，机器人杀手已经从洛杉矶出发，它们的飞行器很快就会达到第一宇宙速度，请马上做出决定！"机器人查理二号报告。

"它们终于来了，这回是冲着我来的！"博士坐在地下实验室

中平静地说。这里是地球上唯一由人类掌握的实验室了。

"我为同类做出这种勾当感到内疚。"查理二号惭愧地说。

"不，归根到底这是人类自作自受，他们不该向莫罗托0号这台电脑输入邪恶的程序。如今机器人的势力已经强大到足以称为第二人类，所以它们叛乱了，发动了将人类逐出地球的战争。但我们会回来的。"

实验室内忽然警铃大作，博士起身对查理二号说："我向来把你当儿子看，可现在我们必须分手了。因为太空基地规定不准机器人入内的。"

查理二号表示出痛苦的样子说："你们是正义的人，我能为消灭机器人中的败类出力而感到骄傲，纵然变成废铁也在所不惜！"

博士被感动了，决定带机器人查理二号去太空站。两人冲进机库，驾驶飞行器腾空而起，很快到达太空基地的巡逻舰。不一会儿，电视传感电话映出一个男人的面孔，当他看到查理二号后，大吃一惊。

"博士，你怎么带机器人来这里，请立刻处置掉它，不然你别想靠近基地。"

博士无可奈何地把查理变成废物。正当他专心操纵飞行器对接时，突然身后响起查理的声音："博士，我没有变成废物，奇怪吗？莫罗托0号秘密地给了我三套独立系统，你没有发觉我的腿更粗了吗？现在我的任务是以你作人质，去执行炸毁太空基地的计划。"

博士立即明白了自己的处境。现在只有飞行器的自毁装置才可保全太空基地不受侵害。想到这里，他猛地推倒了查理二号，不顾一切地向自毁按钮扑去……

《机器人"疯狂症"》，中国青年出版社，1990年5月，修棣改编

魔　镜

刘兴诗

　　好不容易得来的一张大马戏团入场券被弄丢了。我沿路寻找，见到一位老爷爷，他说能帮我找到，他拿出一面小镜子摆弄一会儿，果真找到了我丢失的票子。这件事我讲给别人听，谁也不相信。

　　不久，我们大楼发生一件事：毛毛不见了。卢阿婆急得要命，我想到了有面小镜子的老爷爷。可是，谁也不知道那个神秘的老爷爷在哪里？正在我到处寻找时，这个怪老爷爷就出现在我面前，我比画了毛毛的身材，还说他穿格子布罩衫。老爷爷用镜子照了一下，照出来的不是毛毛。

　　我从卢阿婆家找到一张毛毛的照片，给老爷爷的镜子一照，一下子就映出毛毛的身影，他在城边的一个小池塘边，光着身子坐着。大家连忙去找，后来果真找到了。

　　我和老爷爷熟悉后才知道他是光学研究所的一位科学家，魔镜是他的新发明，正式名称叫"全息光波追踪仪"。魔镜发射全息光波，能在5千米范围内找到目标。老爷爷把镜子送给了我，我有了魔镜的帮助，就有了神奇的本领。我用魔镜做了不少好事。

　　一次，一家商店被盗，门边留下一串湿漉漉的脚印。这是一只左靴跟缺了一块的雨靴脚印，是一个左脚特别用力的大个子留下的。我举起魔镜照了照，找不到穿雨靴的小偷。

　　一位同学提醒我，或许他脱下雨靴，换了别的鞋，要让他穿雨靴，得下雨。我们给天气服务台挂了个电话，让他们明天来一次人工降雨，还没等我们说完话，就下了一场大雨。一会儿雨停了，我们连忙带着魔镜去寻找雨靴脚印。两个警察叔叔赶在我们前面，抓

住了小偷。原来他们也有一面镜子，这场雨是他们特意安排的。

《少年科学》，1990年第10期，方人改编

杀 手

刘 靖

疲惫不堪的钱默径直走进卧室，作为公司总经理，他必须想方设法使自己的企业在你死我活的商业竞争中生存下来。为了赚取巨

额利润，钱默设了许多圈套和阴谋，这常常使他感到劳累不堪。如今，他的又一个阴谋就要得逞了，他将再次在竞争中取胜。

"砰"的一声，门被撞开了，门口站着一个矮小陌生的机器人。它手中举着一支小型激光枪，枪口冷冷地对着他。

他立刻明白这是一个机器杀手，这类机器人是专门用来执行暗杀任务的。完成任务后，就会自行焚毁，不会留下任何证据。它们毫无感情可言，向它哀求是白费口舌。

钱默很快清楚了自己的处境，现在只有靠运气了。这时，机器杀手发出了冰冷的、不带任何感情的命令："把那份转让合同交出来！"听到这句话，钱默心中一亮。他马上指了指墙上的文件柜。当机器杀手伸手去拉文件柜柜门时，钱默趁机用拇指轻按了一下床头的按钮，文件柜立刻放出一道蓝色的闪光，只见机器杀手头上冒出白烟，高压电烧毁了它体内的电路，它变成了一堆无用的废铁。

钱默瘫倒在床上，心神不定地思索着解决这件事的办法。他知道，事情还没有完……正当他胡思乱想时，门又被重重地撞开了……

《机器人"疯狂症"》，中国青年出版社，1990年5月，修棣改编

梦中情

刘　玄

华成是我的老同学——当年计算机系成绩出类拔萃的学生，之后在国外又取得了系统工程博士学位。不知怎么如今竟改行当了婚姻介绍中心的红娘。华成说："我最近设计了一种仪器，用它来为有情人搭桥牵线，成功率为百分之百，工作效率比过去高几百倍！"

我将信将疑地去了他那里。当华成知道我还未结婚时，他就叫我填了张表格，并给我一面银牌，叫我睡觉时压在枕头下面，我按照吩咐入睡了。接连两天什么也没发生。第三天，反应出现了：我做了一个很美妙的梦，梦见一个迷人的姑娘挽着我，和我走着，谈着，互相倾诉着爱慕之情。次日我又做了梦，还是同这个姑娘约会，地点改在北海公园。

连续几天，我都和这个"梦中情人"在北海公园幽会。在最后一次梦中相会时，我们订下了终身。

到星期天，我迫不及待地赶到婚姻介绍中心，见到华成就告诉

他，我接连做了几个好梦。

华成笑着对我说："这就是我最新的研制成果——'梦中情'。这种仪器的工作原理是先把你的各项条件和对对方的要求输入计算机，找出和你最相配的五个人，再把你的生理信号和大脑活动密码录下来，这样就能控制你的梦。你开头两天没发生什么，那就说明你和前两位女士没有'缘分'……"

话未说完，梦中的那位姑娘正朝我走来。我们一见如故，毫不拘束，高高兴兴地挽着手去北海公园了。

《机器人"疯狂症"》，中国青年出版社，1990年5月，修棣改编

上帝的弃儿

绿 杨

这片边陲是空间时代遗忘的角落。40年来，约翰都是一个人用餐，一位姑娘的照片被钉在板壁上。到巡逻时间了，这是约翰最后一次夜巡，明天他将退休，哨所也将告老解甲。

远处有个黑影，约翰上去检查，是小学同学朱尔斯。他们同时爱上同班的玛丽，就是钉在板壁上的照片里的姑娘。一件小事使约翰离开了玛丽，进了警察学校，当了警察。

朱尔斯也认出了约翰，谈了自己的遭遇：有人要调戏玛丽，他失手打死了那人，警察要抓他，于是，他和玛丽在太阳系外面游荡。

所有的警哨所都有通缉朱尔斯的布告。朱尔斯说，他不是海盗，他是为了活下去。约翰认为自己是警察，为了忠于职守，要逮捕他。约翰挂记着玛丽，劝朱尔斯去自首，求得宽大，还说愿意出钱替他请个好律师。朱尔斯不同意，说要自己想办法。

朱尔斯要逃跑，约翰与他扭打起来，一个要跑，一个要逮住对方，除夕的钟声响了起来，分局值班员打来电话，祝约翰光荣退休。约翰挂上电话后，不再逮捕朱尔斯了，他退休了，哨所也不存在了。约翰把贮藏间的食物全给了朱尔斯。

朱尔斯向约翰告别，临走前约翰却要他别把自己的事告诉玛丽。

《奇谈》，1990年第4期，方人改编

树

刘 宇

1989年底，一位研究生命储藏的科学家，把自己冷冻在液氮中，愿以他的躯壳为后人充当一个实验品。

2500年8月2日，那位伟大的先驱在一片闪光灯放出的白光中，被成功地解冻复苏。这位"祖先"也自然地成了人们所崇拜的偶像。

此时，S城的世纪博物馆正在为一个重要的展览物色剪彩的人选。结果很快地确定了"祖先"。世纪博物馆门前，巨大的电子屏幕上出现了这样的文字："世界上唯一最珍贵最先进的制氧机、空气净化机、噪音消除机、生态平衡控制器将于今日展出，届时将由'祖先'剪彩。"

在一片欢呼声中，"祖先"剪开了彩带。他很激动，人们创造了无数他那个时代所无法想象的东西，今天的展品一定会更加奇妙，不可思议。他第一个走进了展厅。

两分钟后，他目光茫然地走了出来，喃喃地说道："那……那不过是一棵树！"

《机器人"疯狂症"》，中国青年出版社，1990年5月，修棣改编

沙海驼铃

鲁　克

　　我随地质队去古尔班通古特沙漠工作，空军司令亲自发给我们一部精巧的通信机器和一张沙漠方位地图，还发给我们一个纽扣大小的微型示踪发报机，以防在沙漠中发生意外。

　　我们骑着骆驼穿过绿洲，进入茫茫戈壁滩。我听着驼铃声，仿佛进入了一个古老的童话世界。在沙漠的第七天，我们遇到了可怕的风暴。队伍停止前进，大家就地休息。

　　一瞬间，天昏地暗，风夹着沙在怒吼。过了两三个小时，风力才小了点。队里少了小方，他的那头骆驼也失踪了。队长向边防部队司令部发了求援电报。边防部队司令部进行了全面搜索，从荧光屏和电波中发现了小方和他的骆驼。原来，小方佩戴的微型示踪发报机发出了电波，显示了方位。

　　小方在边防战士护送下，回到我们的宿营地，他向大家讲述了自己的经历：一阵猛烈的风把他和骆驼一齐卷到半空中，一会儿上，一会儿下，只听见"噗"的一声，他失去了知觉。醒来后他发觉自己被埋在沙里，摸了摸内衣上的微型示踪发报机，又昏了过去。当他醒来时，一名战士正把一张纸片似的东西往他嘴里塞，这是一种特制的军用巧克力储水纸。储水纸中储有水，还含有奶粉等高热量物质，不仅解渴，还能产生人体所需能量，携带方便，带上它就不至于渴死、饿死在沙漠里。

　　小方吃完小纸片，精神也好了，边防战士这才把他送回我们营地。不久，小方的骆驼也被边防战士送了回来。

《少年科学》，1990年第7期，方人改编

"幽灵"追踪记

罗 戎

毛琦去世了。听他妻子慧芬说，一天，毛琦的头剧痛，几秒钟后便撒手人寰。追悼会后的当夜，我与妻子一同去慧芬家，开门的竟是一个陌生女人，说我们找错门了。我用公用电话拨了慧芬家的电话号码，接电话的还是那个陌生女人。

我们正要往回走，在路上却碰到了慧芬。我们一起到了她家，还是那套房子，但不见了那陌生女人。慧芬说，她在屋里听见有声音，会是他吗？我说慧芬悲极生幻，毛琦死了怎能说话呢？

回到家，慧芬给我打了电话，说她又听见那声音，并录了音。我听到那录音后，立刻赶到慧芬家。她说没有给我打电话，也没有录音。我更感到奇怪，找遍整间屋子，可屋里什么人也没有。

接下来的几天里，我心烦意乱。妻子告诉我，慧芬失踪了，我立即骑车赶到她家，见到一个神秘的女人，想去抓住她，没能抓住。那女人说："你抓不住我，自古以来，人捉不到鬼。"我听了一怔，找遍每个角落，找不到那个"幽灵"。

我失神地骑车驰向远郊。在郊外一个茶摊处停下车，要了杯茶。茶摊上一男一女见到我就跑，我抬头一看，那女的竟是慧芬，她说她没有失踪，只是出城来散散心。我要她回去，那男的向我冲来，我一眼望去，几乎瘫软在地，是毛琦！他一拳将我打昏。

我醒来时，慧芬坐在我床边。这是一家小旅社。慧芬哭着告诉我，她和毛琦一直住在这里，现在毛琦被那个神秘女人带回去了，我知道慧芬受了刺激，不想追问，打算带她回城，她却说要等毛琦。

天黑后，毛琦真的回来了，他站在我对面，像幽灵一般。他向我诉说了自己的身世。原来，他是上一代地球人的后代，经过万万年进化，人体的手脚被淘汰，消化系统萎缩……他愈说愈快。我问他，为什么爱上慧芬，毛琦说，他是个叛逆者，出于好奇才爱上慧芬，想不到慧芬感情炽热，在他回去后还哭个不停，使他不得安宁，才赶来要结束她的生命。我听了恐惧万分。毛琦还说，我知道了一切，也要除掉我。

　　慧芬听到毛琦与我的谈话，从房里出来对毛琦说："我不再爱你了！"毛琦说不相信。那个神秘女人赶来，要毛琦赶快杀死慧

芬，毛琦扬起拳头，拳头攥得太紧了，他的神经绷得不能再紧，终于绷断了他的生命之弦。毛琦的形体永远消失了。

《奇谈》，1990年第1期，方人改编

1小时睡眠

马 波

十几年前，我和教授通过研究，提出了一个激动人心的假设：在不损害人体健康和不缩短寿命的前提下，改变人体生物节奏中清醒状态和睡眠状态的比例。当然，我们是想减少睡眠，哪怕是1小时。

之后，我们埋头试验了3000多种物质，直到去年，终于发现了几种能改变生物节奏的物质。5个月后，我们宣布S7的成功：凡是吸入S7挥发物或注射S7针剂的人，每天只要睡眠1个小时就能保持一天精力充沛，这习惯将终生不变。试用S7不损害健康，不缩短寿命。

S7太成功了，世界为此震惊，接着就是对S7的狂热追捧。因为人们太需要时间了，各方要求我们迅速提供S7。"我们又得到了三分之一的生命！"科学界说。"我每天玩5个钟头。"小学生高兴地说。

减少睡眠后，为了维持人体能量的平衡，人的饮食相应增加。警察埋怨：罪犯不用长时间睡眠，变得更难抓捕。市长们虽然抱怨商品供不应求，交通拥挤，但他们却是毫无保留地盛赞 S7的功绩。

一天，著名经济学家罗尔斯先生拜访了我们。他一本正经地说："我请教两位，能否加速动物的生长速度？"

我回答：“就目前的技术而言，增加一些是没问题的。”

他又问：“能否加快植物生长速度？”

教授微笑道：“在自然条件下，还没有办法解决这个问题，因为我们无法让太阳只睡1个小时。”

罗尔斯说：“教授，S7虽然缩短了人的睡眠，但是，人类食物的消费量增加了一倍，这星球上已达70亿人……”

沉默了许久，教授迟疑地说：“要让70亿人放弃1小时睡眠，这可是……”教授向罗尔斯问道：“先生您愿意恢复8小时睡眠吗？”

《机器人“疯狂症”》，中国青年出版社，1990年5月，修棣改编

无一例外

马 驰

用"春风得意"来形容现在的阿兰分公司经理史密斯真是再恰当不过了。昨天晚上，史密斯接到了总公司董事长亲自打来的电话，董事长告诉史密斯：他的建议已被总公司董事会正式通过，让他马上赶回阿兰分公司。当他迈进阿兰分公司走向电梯时，一位陌生的小姐突然拦住了他。

"您好！先生，您去哪儿？"她问得彬彬有礼。

公司大楼里竟然会有人不认识公司经理！史密斯不禁一怔。他打量了一下这位小姐，发现她的表情和动作尽管准确，但都有点机械。史密斯恍然大悟："董事会干得真利索。"

最近，史密斯深为手下雇员的工作能力感到头疼。公司不仅要按月付给他们数目可观的薪金，还要花一大笔钱为他们添置各种工作设备。经过再三考虑，史密斯向总公司董事会建议，用电脑机器人取代现有雇员。

史密斯匆匆走向办公室，推开经理办公室的门后，史密斯像电影中的定格一样呆住了，一个经理模样的机器人正坐在他的那把交椅上。

《机器人"疯狂症"》，中国青年出版社，1990年5月，修棣改编

撤离地球

马书祥

全球160亿居民神情紧张地注视着电视屏幕——人类与机器人的最后一轮谈判。

"是人类创造了机器人。可如今，你们竟想开除人类的球籍，这是强盗逻辑！"辩论家梭伦博士喊了起来。

"我们无意剥夺人类的权利。但遗憾的是，地球有限的承受力，不仅不能满足人类的奢望，还将剥夺人类生存的权利。现在有一个灾难性的消息宣布：据资源部的精确统计，维系人类生存的主

要资源，将在半年之内消耗殆尽，届时全人类将遭受灭顶之灾！"机器人首席代表卡迪卡说，"因此，你们必须立即迁移到'哈林慧斯'星球去，那里具备人类生存的一切必要条件。不过，那是一个混沌未开的洪荒世界，习惯于养尊处优的人类，将面临险恶自然环境的严酷威胁。一切要靠人类自己去开拓。"

"我们不能离开你们啊！"梭伦博士哽咽起来。

"只能如此了，而且必须立即行动。"

当最后一艘超光速太空船冲出大气层时，传来卡迪卡对人类的赠言——"走向新生，勿忘反思！"

《机器人"疯狂症"》，中国青年出版社，1990年5月，修棣改编

让　座

缪红海

客车在繁华的市中心行驶。票台前排写着"老弱病残"的座位上坐着一对情侣，再瞧旁边却站着两位老奶奶。售票员小杜叹了口气，把票夹对准小伙子的后背左边位置，悄悄地一碰按钮，票夹右边的一块圆形金属片发出轻微的咝咝声，足有10秒钟。只见那小伙子跳起来，害羞地请老奶奶坐下。那女伴惊讶地抬头看着小伙子，把脸扭向窗外。

这仪器还真灵，小杜趁人不注意又把票夹对准那女伴的后背左边，又是10秒钟。那女伴飞快地站起来，将座位让给另一位老奶奶。两位老奶奶齐声向这对情侣道谢。

客车到达终点站，小杜兴奋地对站长和老工程师说："试了，还真灵。"

老工程师不无感慨地说："我研制这个'小玩意儿'，就是督

促还有一点良心的青年能站起来让座位。但愿它不必长久使用，社会风气的转变，不是靠这种仪器来决定的呀……"

《机器人"疯狂症"》，中国青年出版社，1990年5月，修栋改编

晨星号湮没

覃 白

瓦宁因为在晨星号上工作出色，受到沙局长奖励：一张游泳票。游泳场门口乱糟糟的，有人在倒卖票证，瓦宁发现了5年前失踪的晓霜，但他很快被人群冲散了，晓霜也不见踪影。

瓦宁是在一次太空扫墓中与晓霜相识的。大约10年前，瓦宁奉祖父母之命，到太空为曾祖父扫墓。他的曾祖父鲁克博士，发明了鲁克容器——人造子宫。鲁克容器在龙国推广最快，空前的人口爆炸，造成龙国资源、食物短缺，社会问题丛生，整个蓝星掀起声讨鲁克的浪潮。鲁克博士在众人的咒骂声中寿终正寝。他的骨灰被撒到太空，由此，蓝星普遍实行太空葬。鲁克的铜像被推倒了，他的发明所造成的灾难却没完没了。瓦宁在飞船里认识了为父母扫墓的晓霜。

沙局长要瓦宁调查晨星号飞船上的违法生育事件。原来，龙国因人口爆炸，被联合国开除球籍，龙国人分乘生态船飞向乐园星。晨星号便是第一艘飞离蓝星的生态船。晨星号飞离蓝星才5年，有人就忘了"国耻"，违法超生孩子。瓦宁在一家小百货店见到老板詹胖子用塑料制的仿古花瓶做容器，用鲁克博士的配方生育孩子。詹胖子说宁可自己受罚，被甩在太空变成石头，也要享受一下当爸爸的快乐。

沙局长来电话告诉瓦宁，晓霜已经找到，她改名沙娜，未婚，还告诉了他地址。瓦宁立即出门去找晓霜。当年自从太空扫墓后，

瓦宁和晓霜一直往来，亲如兄妹。晓霜毕业后，两人才真正相爱，但是，晓霜的青春胴体气息，使瓦宁得了过敏症。医生要晓霜与他隔离一段时间，从此，晓霜离开了瓦宁，不知下落。

当瓦宁找到晓霜的住宅时，一位中年妇女告诉他，沙娜已离去。瓦宁在沙娜住过的房间里看到一只仿古瓷瓶，与詹胖子家的那只一模一样。那中年妇女还告诉瓦宁，沙娜有了一个5个月的孩子，很像他。瓦宁只有苦笑。

上班时，调查局里乱哄哄的，沙局长夫妇自杀了。原来，沙局长一家秘密养了一个孩子，夫妇俩打开密封门，进了太空，成了两块石头。晨星号指挥中心任命瓦宁为调查局局长，秘书要瓦宁快去指挥中心开会。指挥长在向局长们介绍晨星号上的严峻形势：秘密生育导致生态船耗电量过大，由于动力不足，使晨星号偏离预定轨道。从现在起，还有5个小时，将决定晨星号的生死存亡。为安定人心，晨星号上的文化中心为5对青年举行婚礼，而对违法生育的人，严格按"死2生1"的法律办事。

在指挥中心被通缉人员的名单中，瓦宁找到了沙娜的名字，罪名是非婚非法生子。顿时，瓦宁大脑嗡嗡作响。会议结束后，瓦宁在开车回家途中遇见了晓霜，她躲进了瓦宁的车子。原来，晓霜一直在注意瓦宁，晓霜告诉瓦宁：她用鲁克容器为他生了个胖娃娃。孩子又胖又白，藏在朋友家。瓦宁觉得鼻子发酸，告诉晓霜：沙局长夫妇为保全孩子而自杀了。晓霜顿时脸色发白。

这时，晨星号遇上了黑洞，飞船无法绕过黑洞，在飞离时，飞船与尘埃摩擦产生大量火花，照得穹顶明亮。瓦宁搂着晓霜说："这是婚礼的礼花。"

晓霜由衷地赞美："这礼花，真美呀！"

《奇谈》，1990年第5期，方人改编

长寿者的悔恨

裘立增

　　张、王两位大夫医德高尚，技术超群，一向配合默契。不料两人在关于人应该活多久的问题上却发生分歧：张大夫希望人能长生不死；王大夫主张只要无灾无病，精力充沛地活上百十岁就行。他

们各执己见，互不相让，终于分道扬镳。

几十年后的一天，两位老大夫同时宣布自己已研制出了奇药。张大夫的药名为"长生不老丹"，王大夫的药名为"轻身祛病散"。绝大多数人服了"长生不老丹"，只有10％的人服了"轻身祛病散"。

服药后，人们果然十分健康。但是不多久，服"长生不老丹"的人们便发现自己的行动渐渐慢得出奇：吃一顿饭费时两个星期，举手投足，异常缓慢。如此下去，即使活1万年，也只相当于服药前的30岁。他们后悔了，万般无奈，大家只好去找王大夫求治，谁知土大夫已健康地度过了他的一生。

服了"长生不老丹"的人们这时才明白，原想自己永远占据的美好世界，现在已永远属于别人。

《机器人"疯狂症"》，中国青年出版社，1990年5月，修棣改编